A VIDA É BREVE E PASSA AO LADO

Henrique Schneider

A VIDA É BREVE
E PASSA AO LADO

4ª impressão

Porto Alegre • São Paulo
2017

ÍNDICE

6	O DIA EM QUE A INFÂNCIA TERMINA
8	TELEFONEMA PREMIADO
10	INTIMAÇÃO
12	O MONSTRO DEBAIXO DA CAMA
14	QUINHENTOS
16	OS SOLITÁRIOS
18	O PRESENTE
20	FIM DE SEMANA
22	DECISÃO
24	GRITO
26	DESMEMÓRIA
28	UM MENDIGO PARADO NO MEIO DA CALÇADA
30	AQUELES OLHOS
32	AS DUAS IRMÃS
34	ALMAS GÊMEAS
36	ANGÚSTIA
38	AMIGOS IMAGINÁRIOS
40	DESCULPAS
42	VESTIDO DE NOIVA
44	O SOL FRIO
46	A HISTÓRIA
48	EVELIA DE OLHOS BAIXOS

50	SORAIA
52	ESTÁTUAS VIVAS
54	A TEMPESTADE
56	RESPEITO
58	MAIS TEMPO QUE UMA VIDA
60	OS OLHOS DO MEU FILHO NOS DE OUTRO FILHO
62	O NOME DO CRIME
64	ENGANO
66	OFERENDA
68	A MALVADA
70	AS QUEDAS
72	FIDELIDADE
74	LÁZARO E VIVALDO
76	BOA VIZINHANÇA
78	A GARE DESERTA
80	NOTÍCIA DE JORNAL
82	O ARTESÃO
84	OCORRÊNCIA POLICIAL
86	MISTER MAGIC
88	O PROGRAMA QUE SE PREOCUPA COM VOCÊ
90	PRIMEIRA VEZ
92	A VIDA É SIMPLES

O DIA EM QUE A INFÂNCIA TERMINA

A menina descansa sob a sombra da árvore quando o carro para ao sinal vermelho. Porque é domingo, não há movimento: nenhum outro carro aguarda.

— Quer bala de goma, tio? Dois por um real — ela pergunta, a voz miúda atravessando o vidro fechado.

O motorista abre a janela, sorriso amplo, e estende à menina uma nota de dois reais.

— Pode ficar com o troco — diz ele. — Compra uma coisa pra ti.

Ela também sorri com seus dentes faltantes, as pernas finas da fome. O homem olha rapidamente o sinal e volta à vendedorinha.

— Como é o teu nome? — ele pergunta.

— Quétlin — diz a pequena, olhando curiosa para dentro do carro.

— E quantos anos tu tem? — pergunta ele.

Ela não responde; apenas segue em seu sorriso e mais nada.

— Deixa eu adivinhar? Dez?

— Sim — mas se ele dissesse quinze ou sessenta, talvez a resposta fosse a mesma.

— E onde estão o teu pai e a tua mãe?

— Eu não tenho mais pai. Minha mãe tá dormindo — e aponta para um lugar indefinido, embaixo da ponte ao lado do semáforo.

— Tá sozinha aqui?

— A mãe tá dormindo — ela repete, como se isso significasse algo.

Ele olha o semáforo: o sinal já esverdeou, mas pouco importa.

— Quer dar um passeio? O tio te compra sorvete, um refrigerante.

A pequena vacila um instante, espécie de alarme desconhecido; e também precisa vender o resto das balas.

Mas o homem parece adivinhar.

— O tio compra as tuas balas. E lá em casa tem um monte de brinquedos. Boneca, casinha. Não quer ir lá?

Brinquedo, pensa Quétlin, ouvindo a palavra mágica aos oito anos que, na verdade, tem. A mãe não vai acordar logo; e quando acordar, tonta de loló, vai demorar a perceber.

— Quero — ela decide.

E entra no carro.

TELEFONEMA PREMIADO

— E vamos então para a próxima ligação da nossa promoção Telefonema Premiado! Está discando, vamos ver... alô, quem está falando?

— É a Marizete.

— Marizete? Boa tarde, aqui quem fala é Welder Cristiano, do Programa Tarde Feliz...

— Nossa mãe do céu! Nem acredito, acho que eu vou ter um ataque! Seu Welder, eu sou a sua maior fã! Pode ter igual, mas maior que eu não tem!

— Obrigado, Marizete. E você ainda pode ganhar um dos prêmios do nosso programa!

— Welder Cristiano, eu nem acredito! Falando comigo! É muita felicidade... E sabe o que mais? Eu lhe vi um dia desses e você é muito mais bonito que nas fotografias. E sua esposa também! Uma loira tão linda...

— Ãhn, Marizete... acho que você deve ter me confundido com alguém.

— Imagina, seu Welder, sem chance! Era você e a sua esposa, um mais lindo que o outro, como é que eu não vou conhecer? Tenho um álbum cheio de fotos suas. Você até de óculos escuros, decerto pra não ser reconhecido o tempo todo...

— Não era eu, Marizete!

— Era sim, seu Welder. Aqui perto da minha casa. Eu moro na Eudoro Pereira. Aquela avenida grande que o povo chama de rua dos motéis, sabe qual é?

— Sei, mas não era eu, dona Marizete.

— Marizete, Marizete. Me chama só de Marizete!

— Pois é. Não era eu, Marizete.

— Era, sim! Num carrão tão lindo, verde com vidro escuro... Aquele vidro fumê, é assim que chama? É o seu carro mesmo? Que carrão, hein?

— Mas me diga uma coisa, Marizete: se o vidro era escuro, como é que você sabe que era eu?

— É que eu vi quando você baixou o vidro pra entrar no motel... Opa, falei demais, desculpa! O que é que todo mundo precisa saber onde você vai com sua esposa, não é? Um casal tão lindo, tão lindo!

— Não era eu, sua tonta! Já disse que não era eu, pô!

— Linda mesmo, a sua mulher! Loira, um cabelo cheio...

— Não era eu, não era eu!

— E o carro, então? Nunca vi um carro tão bonito! Carro de artista, mesmo! E vocês dois aqui, na minha rua! Imagina só! A vizinhança nem acreditou quando eu falei, seu Welder! Seu Welder? Alô? Seu Welder?

INTIMAÇÃO

Cleiton relê aquele papel e ainda não acredita. Sentado no tamborete de madeira em que espera sua hora, segura o documento com um tremor surdo, raivoso: aquela vagabunda tinha mesmo feito o que havia prometido. Está ali a intimação (e como é que o haviam encontrado?). Não tinham bastado as conversas, as vezes em que ele havia prometido que resolveriam tudo numa boa, os ranchos que de vez em quando mandava entregar, nada disso prestava. O que ela queria era mesmo brigar, justiça, processo, audiência, essas baboseiras todas, só para incomodar. Ele sabe: a mulher está fazendo isso por vingança, pelo ódio inconfessável que tem pelo fato de ele haver encontrado outra muito melhor. E agora aquela vaca lhe aparece com um processo cobrando pensão para os filhos, uma dinheirama sem tamanho, como se só ele tivesse colocado os garotos no mundo! Mas o que é isso?, ele pensa, onde é que estamos?, que mundo é esse em que um homem de bem não pode fazer o seu trabalho descansado, porque sempre tem alguém incomodando? – e ele amassa o papel sem perceber. Um salário mínimo para cada filho, isso é dinheiro que se peça? Um salário mínimo inteiro! Ela que vá trabalhar, que se vire, tem que entender que terminou aquela moleza de ficar em casa, no bem-bom, só esperando o dinheiro. Um salário mínimo para cada moleque, vê só, e eles nem eram mais assim tão crianças, daqui a pouco já podiam até trabalhar, ajudar em casa – trabalhar cedo na vida nunca fez mal a ninguém. O Juliano está com doze (ou treze?), o Cléber fez nove em outubro – não pudera ir mas telefonara, ninguém pode dizer que seja um pai ausente. Daqui a pouco, nem serão mais crianças, o garoto de doze já aparenta quinze, forte, taludo – puxara por ele. E agora aquela sem-vergonha aparecia com um processo cobrando pensão! O documento amassado nas mãos é intimação para quê, nem sabe o que são essas coisas, ainda vai ter que contratar um advogado – mas vai dificultar tudo, não vai dar dinheiro de graça para essazinha que acha que só porque foram casados durante treze anos pode ficar com todo o seu dinheiro! Ela não entende, é puro despeito por ter sido trocada por outra mais nova, muito mais bonita. Dois salários mínimos por mês, se enraivece ele, de onde vai tirar todo esse dinheiro?

— Cleiton, o Firulim é o próximo — alguém avisa.

Cleiton responde com um aceno positivo e guarda a intimação no bolso da calça dourada – depois, pensará nela. Agora, coloca os sapatões amarelos e encaixa o narigão vermelho em seu verdadeiro nariz. Depois, olha-se no espelho.

Hora do palhaço Firulim entrar em cena, pensa Cleiton. Hora de fazer as crianças felizes.

O MONSTRO DEBAIXO DA CAMA

Ora, Renato sempre foi o que se poderia chamar de um homem normal, à exceção do estranho pavor que tinha em apagar as luzes para dormir. Quem o visse andando pelas ruas, terno cinza e pasta escura em direção à próxima reunião executiva, não adivinharia a noite clara e mal dormida que enfrentara, na qual o desconforto só era menor que o medo e a impossibilidade da escuridão.

Vinha da meninice esse pânico, das histórias de terror infantil, inocentemente contadas pela família – o bicho papão, o velho do saco, a cuca, o monstro debaixo da cama. Dos primeiros fora se libertando ao crescer; do último, não. Aquela presença invisível, a ameaça que chegaria com a luz apagada, aquele animal sem forma ou tamanho que vivia na escuridão do seu quarto – Renato não se livrara do medo do monstro debaixo da cama.

Mas os problemas que vinham desse terror eram ainda mais horríveis: as noites de sono incompleto ou indormidas, a conta de luz acima de qualquer contabilidade possível, os namoros cujo romantismo não resistia à secura da lâmpada acesa, a vergonha pura e simples. E aí Renato resolveu consultar um psicólogo.

Foram várias sessões, nas quais o homem desvendou a alma e a vida de Renato, caminhando ambos nas estradas da infância e extraindo dali as forças necessárias para acabar com o mal. Ao cabo de seis meses, após os quais Renato sentia o espírito e o bolso mais leves, o psicólogo achou que o paciente já estava pronto para encarar sozinho o seu grande desafio.

Naquela noite, pela primeira vez desde que se conhecia por gente, Renato conseguiu apagar a luz para dormir.

E foi então que, aproveitando a chance aguardada pacientemente há quase quarenta anos, o monstro debaixo da cama o devorou.

QUINHENTOS

Ela sorvia o guaraná em goles pequenos, chinelos fragilmente amparados nas pernas cruzadas da cadeira e olhando com ansiedade a porta descascada da lanchonete, quando ele entrou. Sentou-se em silêncio, movimentos estudados, como se gozasse a angústia da esposa.

— E aí, conseguiu? — ela perguntou, urgente.

Ele tomou um gole do guaraná da mulher, parecendo indeciso; talvez não tivesse certeza da resposta. Só então falou:

— Sim — e mostrou o dinheiro no bolso.

Ela não evitou o grito, mistura de surpresa, alívio, animação.

— Quanto? — quis saber.

— Quinhentos — disse o homem, fazendo um sinal para que ela falasse mais baixo.

— Nossa mãe! Quanto dinheiro! — exclamou a mulher. Aquilo lhes resolvia o problema dos aluguéis atrasados e ainda sobrava. Não sabia quanto, mas sobrava.

— É — orgulhou-se o marido. — O homem lá disse

que não empresta tudo isso pra qualquer um. Disse que eu tinha cara de gente boa.

— Vê só — comentou a mulher, olhando meio comovida para o marido: tinha mesmo jeito de gente boa.
— E quando é que precisa devolver?

— Só no mês que vem — respondeu o homem, enquanto apalpava o bolso com certo carinho.

— E quanto tem que pagar a mais? — ela perguntou, subitamente preocupada.

— Vinte por cento.

Eles permaneceram em silêncio por um tempo, como se não soubessem se agora valia a pena a dúvida, mas ela precisou perguntar:

— Isso é muito? — os olhos inquietos, esperando o marido.

— Acho que não — ele respondeu, tomando um novo gole do guaraná da esposa. — Mas se for, a gente dá um jeito.

OS SOLITÁRIOS

Adoro ir aos bares à noite, por causa dos solitários.

Pode-se reconhecê-los de longe: têm sempre um ar vagamente desolado, miradas de abandono e a certeza de que o mundo não é um lugar que lhes sirva. Bebem com pouco sabor e nenhum sorriso, enquanto erguem olhares à volta na expectativa inexistente de encontrar algum conhecido, que nunca aparece. Na segunda cerveja ou na hora em que pedem outra dose de uísque, sou eu quem aparece. Às vezes, dou uma desculpa, finjo pensar que era outra pessoa, mas no mais sou direto: apenas peço para sentar e ver se podemos beber juntos alguma coisa. A cada dez, um se dá o direito de assustar-se e recusar, mas os outros logo me indicam a cadeira em frente: parecem tão agradecidos com alguém que lhes dirija a palavra que pouco importa que seja um desconhecido (porque eu já disse: conheço os verdadeiros solitários). Geralmente, pergunto o que fazem, e é sua resposta que determina o rumo do que vou dizer mais adiante, descompromissado de qualquer verdade que precise se estender ao outro dia.

Se for bancária, eu serei bancário ou terei sido, conhecedor da solidão dos pagamentos e compensações. Se, por exemplo, for professor, também será essa a minha profissão, mergulhado nos livros e lições de casa a impedir outros encontros. E se trabalhar em escritório, digo que trabalhamos ambos – e logo descobrimos que somos o maior alvo de nossos colegas. Mas, na maioria das vezes, os solitários que encontro não trabalham; gastam em casa os seus dias tristes. E aí são vagas as suas conversas, vagas as minhas respostas: os assuntos meio que flutuam sobre a mesa, sem pousar. Mas pouco importa, sei disso: o que eles precisam é conversar, o assunto é o de menos. Falam sobre tudo quando alguém lhes empresta alguma atenção: física quântica, flores, o funcionamento de um motor de foguete, livros, a própria solidão. Quando se percebe, é madrugada: passaram três, quatro horas e a comanda do bar está cheia de anotações, a toalha da mesa úmida do tanto suor das bebidas. É hora de ir embora. Conversamos a noite inteira e há vezes que sequer sabemos o nome um do outro, o que para mim não faz mal: o importante é que, naquela noite, os solitários tiveram alguém que lhes escutasse.

Por isso, adoro ir aos bares à noite. Por causa dos solitários.

Não fossem eles, e eu morreria de solidão.

O PRESENTE

Eu acabara de receber o troco dos crisântemos que havia comprado quando o menino entrou na floricultura. Teria nove ou dez anos, não mais; na mão direita, carregava um punhado de moedas com o mesmo cuidado com que transportaria um tesouro recém-encontrado.

— Oi. Me vê isso tudo de flor. Quero dar de presente para a minha mãe — e dispôs as moedas cuidadosamente sobre o balcão, olhando sua pequena fortuna.

Eram umas moedinhas de nada; a atendente da floricultura contou-as todas e a verdade é que elas não alcançavam o preço de uma flor. Ela contou-as novamente e já se preparava para dizer ao garoto que o dinheiro não era suficiente, quando levantou o olhar e soube que não conseguiria fazê-lo. Os olhos do menino eram de tanta expectativa, tanta era a vontade de presentear a mãe, que a vendedora decidiu que não queria ter forças para negar aquele desejo.

— Este dinheiro dá para comprar uma flor bem bonita — disse ela, e o rosto do menino pareceu se iluminar.

— Não, eu acho até que dá mais do que isso — resolvi me intrometer, calada que estava até então, assistindo a cena que já me enchia de lágrimas a garganta. — Tem aquelas rosas que estão em promoção. Acho que esse dinheiro dá para umas quatro, não dá? — e meu olhar se cruzou, cúmplice, com o da vendedora: não havia necessidade de dizer mais nada.

— Nossa! — riu o menino. — Não pensei que o meu dinheiro dava para tanta flor!

— Mas dá, sim — comentou a vendedora, enquanto olhava sorridente para mim e já preparava o buquê com seis rosas brancas e amarelas. O menino examinava o trabalho da garota com a atenção solene dos grandes momentos, sem dizer uma palavra – não queria correr o risco de atrapalhar a moça naquela hora tão importante.

Quando a vendedora terminou, exibiu-nos o cuidadoso resultado.

— Que tal? — perguntou ela ao menino.

— Está lindo, moça. Minha mãe vai adorar.

E pegou o buquê com carinho ainda maior do que tivera com as moedas de seu tesouro. Depois, atravessou a rua em direção ao cemitério.

FIM DE SEMANA

A porta abriu logo depois dele tocar a campainha, como se Alice estivesse apenas esperando o timbre, e ela surgiu (parecia mais bonita).

— Oi — ambos se cumprimentaram e depois ficaram uns segundos num silêncio constrangido, sem saber como prosseguir aquela saudação: dois beijos na face, qualquer aperto de mão, um abraço curto, nada. E então foi mesmo nada, sem jeito, desacostumados.

— Vim buscar o Guilherme — ele explicou, como se fosse necessário. — Ele já está pronto?

— Quase — respondeu Alice, num semissorriso. — Sabe como é esse menino. Enrolado como o pai...

Ele também sorriu, decidindo que aquilo não era provocação, apenas uma brincadeira.

— Senta — disse ela, apontando o sofá. Ele então sentou-se com certa solenidade, formal, no mesmo lugar onde, ainda seis meses atrás, se escarrapachava de pijama e sem camisa. Olhou ao redor, sem saber o que dizer.

— Está bonito o apartamento — atinou em comentar.

— Obrigada — respondeu ela, um pouco estranhada; não havia mudado nada desde que tinham se separado.

Depois, caíram em novo silêncio. Sempre uns poucos segundos, não mais, mas notáveis, incômodos. Alice então ofereceu café – um pouco para dizer algo e outro tanto para livrar-se daquela mutez indo à cozinha –, mas ele não quis.

— Ando tomando muito café — explicou.

Então, o pequeno apareceu com sua mochilinha e abraçou o pai como se não o visse há séculos (talvez fosse). O homem respondeu ao abraço do filho com as forças que lhe sobravam da solidão, enquanto Alice observava a cena e tentava não se emocionar. Quando o menino desabraçou o pai, correu à mãe para se despedir.

— O Guilherme precisa estar em casa amanhã no começo da noite — disse ela. Depois, para que não parecesse uma ordem: — É que ele tem que se preparar para a semana.

— Sim, eu sei — respondeu o pai.

Então, se despediram sem nenhum toque. E, quando Alice fechou a porta, sozinha pela primeira vez desde a audiência, aquele apartamento lhe pareceu grande como nunca.

DECISÃO

Não havia como ser de outro jeito: Ataliba entrara em campo com um olhar diferente, tensão além do normal. Todos os outros vinte e um em campo corriam também nas linhas claras do nervosismo, porque o jogo era a final do campeonato, e não existe decisão tranquila. Mas, para ele, era mais.

O diretor do clube rival aparecera inesperadamente em sua casa, uns dias antes, e Ataliba o convidara para entrar antes que tivesse o tempo de atinar em seu constrangimento: imagine se os vizinhos vissem!

O homem foi direto: uma boa quantia em troca de Ataliba não jogar nada. Antes que o atacante começasse a responder, o cartola especificou o valor – e era mesmo um dinheiro imenso. Ataliba se lembrou dos ensinamentos de ética e moral que os pais, sem saber, lhe haviam ensinado, de sua condição de goleador inconteste, de maior ídolo – e disse que não. Mas o homem parecia esperar aquela negativa: ao não do jogador, ele dobrou a proposta. E adendou:

— Em dinheiro. Agora.

Ataliba pensou na reforma da casa, no conserto do carro, no sorriso do dono do mercado recebendo os atrasados, mas nem chegou a vacilar: repetiu o não. Princípios. E entendeu que estava encerrada a conversa. O outro levantou-se e saiu na mesma rapidez que entrara; ninguém se despediu.

Zero a zero até os quarenta minutos do segundo tempo, um jogo truncado e nervoso, sem chance maior de gol. Ataliba se enrolara na bola, errara passes proibidos de errar, não acertara um chute que valesse a pena.

E agora esse pênalti, a cinco minutos do final.

Nem bem o juiz apita, a torcida começa a gritar seu nome. Ele pega a bola e a acomoda sobre a marca branca – e, naquele instante, o desamparo súbito. Não adianta ter respondido que não, ele pensa. Se errar o chute, sempre haverá alguém a chamá-lo de vendido.

Droga, ele pensa, enquanto corre para a bola.

À sua frente, o goleiro adversário parece sorrir.

GRITO

Ele dormia um sono profundo quando escutou o grito. Grito lancinante, de pavor escancarado, o grito de alguém que sofria de verdade. Abriu os olhos em susto, sem saber o que estava acontecendo – o lamento ainda se escutava forte, imperioso – e olhou o relógio: duas e meia da manhã. Só então acordou por inteiro, o peito em sobressalto, e olhou ao redor na escuridão do seu quarto: o uivo humano estava lá embaixo e já começava a diminuir.

No meio de seu nervosismo, tentou ordenar um pouco as ideias antes de levantar. Enfim, decidiu: vou ver o que é que está acontecendo. Um grito apavorado e apavorador – a alma ainda assustada.

Quando abriu a janela do apartamento, enxergou lá embaixo o homem deitado no canto da rua, um corpo estendido no asfalto e a cabeça apoiada na faixa amarela do cordão, que já se tingia de vermelho. Constatou que era um homem jovem: a barba por fazer não escondia a pouca idade que parecia se acabar naquela hora. À luz esbranquiçada do poste, era possível perceber a mancha rubra que empastelava os cabelos e começava a sujar a calçada.

Firmou a visão e pareceu-lhe que o homem, lá embaixo, se mexia. Mas foi apenas um breve de dúvida, não era nada disso: o movimento era somente o bruxuleio dos insetos ao redor da luz do poste.

Esse homem está vivo ou morto?, pensou ele, do alto de sua janela confortável.

Espreitou ao longe, na escuridão da madrugada, a ver se conseguia enxergar alguém, os passos fugitivos de quem fosse o causador daquele homem deitado, mas não: não havia ninguém, a rua daquela noite parecia um deserto tranquilo. Só o grito quebrara a serenidade da noite.

O que fazer?, perguntou-se.

Olhou para o alto, para os lados; não havia outra janela aberta. Em todos os edifícios: nada. Parecia que mais ninguém havia escutado o uivo triste e último daquele corpo que agora se avermelhava dois andares abaixo, estendido no abandono noturno da calçada. Ninguém mais – mas era impossível, ele sabia que era impossível. Num prédio próximo, pareceu perceber a luz de uma lâmpada que se apagava.

Ninguém nas sacadas, ninguém nas janelas, ninguém na rua – a não ser aquele corpo que berrara ainda há pouco o seu desespero final e agora era voz que não existia mais.

Ninguém.

Então fechou a janela, apagou a luz.

E voltou para a cama, a tentar dormir novamente.

DESMEMÓRIA

Ernesto agasalhava lembranças olhando fotografias guardadas num bauzinho há pouco encontrado – e que estivera esquecido num fundo de armário por tempos largos: os amigos que há anos não via, o churrasco com que comemorara a promoção no emprego, a pose contrita e séria da primeira comunhão, a namorada com quem quase havia se casado, o abraço dos pais no dia da formatura, o sorriso desconfiado em frente ao Papai Noel cansado da loja de presentes. De repente, no entanto, seu olhar tranquilo se sobressaltou: quem era aquela moça de biquíni azul, loira e tão linda, que ele, feliz, vinte anos mais moço, abraçava como se estivesse apaixonado? Que praia seria aquela onde essa felicidade estampada havia sido fotografada? E quem havia tirado aquela fotografia?

Olhou novamente a foto, observando os detalhes, a ver se o tempo o auxiliava a lembrar. Os olhos de ambos, enfrentando felizes a câmera, diziam que ninguém ali era aventura de momento. O abraço da fotografia não era o de quem se conheceu no fim de semana. A mulher e ele sorriam como se estivessem entregues, como se a serenidade daquele momento fosse destinada a durar para sempre. Como se estivessem inteiramente apaixonados.

E ele agora olhava a fotografia e não conseguia lembrar de nada.

A praia. Tentou vislumbrar na fotografia algo que lhe permitisse reconhecer o lugar, mas era difícil. O mar calmo e cristalino ao fundo, o céu sem nuvens, areias claras e coqueiros – cartão postal, capa de revista. Mas ele não lembrava de alguma vez ter ido a qualquer praia que tivesse coqueiros.

Deus meu, pensou ele, como não me lembro dela e nem do lugar? Olhou as próximas fotografias, tentando descobrir nelas algum elemento que o guiasse até o nome da loira, o endereço da praia, mas foi pior: nas fotos seguintes, sempre junto a ele, apareciam apenas estranhos, gente que ele não recordava de ter visto, pessoas que ele certamente não conhecia.

Quem eram aqueles homens e mulheres com quem brindava a vida? Onde ficavam aqueles lugares desconhecidos – mas nos quais ele aparecia sorrindo para a câmera?

Seguiu a olhar as fotografias, na esperança – sabe-se lá – de que tudo passasse, de que piscasse os olhos e os conhecidos reaparecessem, mas não: era tudo uma agonia, um desespero que se instalava, a tristeza desconhecida.

Meu irmão vai me ajudar a lembrar quem são essas pessoas, onde ficam esses lugares – pensou ele. Levo agora estas fotografias até a casa dele e termino com a ansiedade, decidiu. Pegou as fotos e saiu.

Mas, quando chegou à rua, não reconheceu mais o lugar.

UM MENDIGO PARADO NO MEIO DA CALÇADA

Um mendigo parado no meio da calçada.

A dona de casa para de varrer as lajes defronte à garagem tão logo enxerga a figura pobre do homem coçando a perna molambenta e apressa-se a fechar o portão. Nem guarda a vassoura, porque depois irá terminar o serviço. Entra em casa e tranca a porta, porque assim sente-se mais segura, e é detrás da cortina que alimenta o seu medo, enquanto espreita o homem que ainda se coça tranquilamente.

Um mendigo. Mendigo parado no meio da calçada.

A garotada que volta agora da escola interrompe a álacre alegria da infância, na hora em que enxergam o homem coçando as pernas uns metros à frente. O garoto mais alto ensaia uma risada, como se estivesse pronto a se divertir com o que vê, mas os outros não o acompanham; dois ou três nem tentam disfarçar a expressão de nojo que lhes causam as chagas do desconhecido e o imundo saco de farinha em que ele deve carregar suas preciosidades podres. Depois, sem que precisem combinar, resolvem atravessar a rua e seguir o caminho pelo outro lado.

É um mendigo.

A moça carrega suas sacolas de compras com tanta atenção que só percebe o homem quando já não pode mais desviar o caminho. Apressa o passo, apenas para atravessar mais rápido o estorvo, sem se dar conta de que tranca por um instante a respiração e agarra com mais força junto ao corpo a bolsa que leva a tiracolo.

Porque é um mendigo.

O dono da loja de roupas posta-se acintosamente na porta de entrada do seu comércio, corpanzil protegendo o patrimônio daquela ameaça sem nome, e olha com um desdém quase raivoso o homem que se coça como se nada mais no mundo existisse. Se esse vagabundo ficar parado em frente à minha vitrine, pensa o dono da loja, mando ele passar logo. Não quero fedor na minha calçada, decide, certo de que a rua lhe pertence.

Um mendigo parado na calçada.

A viatura da polícia estaciona quando seus ocupantes veem o homem coçando a perna, saco de farinha largado ao chão. No início, apenas o observam, sem dizer nada. Mas, quando percebem que ele não lhes devolve qualquer olhar, dão a ordem que entendem necessária.

— Circulando, malandro, circulando...

Então, o homem sai de suas feridas, levanta o olhar e, pela primeira vez, percebe os policiais na viatura, os alunos que voltam da escola, a moça, o homem de olhar feroz, a senhora que espreita por trás da cortina. Nem sabia deles, preocupado que estava com estas chagas que não curam. Porque, afinal, é só um mendigo parado no meio da calçada.

AQUELES OLHOS

Agora há pouco, no quarto, Rosália achava que ele bem poderia ser o homem da sua vida. Não pelo jeito terno e cuidadoso de possuí-la, ainda que poucos o tivessem feito tão bem da primeira vez. Tampouco pelas palavras que, no ardor dos corpos juntos, ele dissera – palavras desaparecem no dia seguinte. Foi pelo olhar: ainda quando estava dentro dela, ele teimava em olhá-la, e em seus olhos havia tanta sinceridade que chegava a assustar. Alguém sincero: Rosália precisava de uma relação assim.

Quando saíram do quarto, ele seguia com aqueles olhos de sinceridade plena e a abraçava quase sem tocá-la, tanta a leveza. Andaram até a garagem e ele abriu para ela a porta do carro. Enquanto andavam até a recepção do motel, Rosália tinha a sensação de que, se ele a convidasse para fugirem naquele instante, não hesitaria. Aqueles olhos.

O recepcionista informou o preço e o homem pegou a carteira. Procurou nela os cartões de crédito e, de repente, deu um tapa na testa.

— Que burro que eu sou! Deixei os cartões no bolso

da outra calça! — e depois de alguma indecisão: — Vocês aceitam cheque?

À confirmação do recepcionista, ele buscou o talão no bolso, um pouco vacilante. Permaneceu um tempo com o cheque na mão, a caneta pronta para preenchê-lo, mas parecia não saber bem o que fazer.

Aquele instante de indecisão foi um clarão para Rosália. O homem não queria preencher qualquer cheque, não queria deixar ali aquele papel assinado e que podia ser rastreado pelo faro de uma esposa desconfiada. Ele era casado. O homem perfeito era casado.

— Melhor pagar em dinheiro! — ele decidiu, enquanto parecia sorrir aliviado. Contou as notas na carteira.

— Tens dez reais? — ele perguntou.

Rosália estendeu a nota enquanto olhava para o chão, umidade lacrimosa a encher-lhe o rosto.

— Me deixa no ponto de táxi mais próximo — ela pediu, a voz trêmula. Mas quase uma ordem.

— Certo — ele concordou, sem surpresa, e não disseram mais nada.

Quando deixou-a, ele quis beijá-la, mas Rosália se esquivou, mansa, sempre olhando o chão. Depois, quando já entrava no táxi, não conseguiu evitar a última mirada naquele homem que, ainda há pouco, era perfeito.

Ele seguia lá, parado. No rosto, o mesmo olhar.

AS DUAS IRMÃS

Há mais de cinquenta anos, as duas irmãs dividem o casarão sem trocar uma palavra. Sequer se olham, habituadas que estão às suas vidas de solidão neste meio século. Usam a mesma mesa, comem às vezes no mesmo horário, cruzam seus passos nas caminhadas pelo pátio, mas é sempre como se a outra não estivesse ali.

Cinquenta anos. Envolvidas num ódio mútuo que, na verdade, já não é mais do que teimosia, nenhuma delas se dá sequer ao trabalho de pensar que cinquenta anos é muito tempo.

Começou pouco depois que os pais morreram e elas ficaram morando sozinhas, herdeiras de um espaço maior do que poderiam. Solteiras então, os rostos frescos de mocidade, o futuro uma porta afora, os olhos querendo vida – e de repente, estavam ambas sem mais ninguém a não ser uma à outra. E cada irmã, naquele início, acreditando que a fragilidade da outra precisava ser cuidada.

Mas os cuidados foram se transformando em obrigações, as obrigações em pesos, esses pesos se converteram em renúncia, a renúncia transmutada numa raiva muda, a raiva numa indiferença perene que faz com que cada uma tenha hoje o seu próprio tablete de manteiga, o seu pedaço de frango para o almoço, o seu lugar no varal, que cada irmã retire apenas as suas cartas da caixa de correspondência.

A verdade é que nada maior aconteceu, mas *coisas* se quebraram pelo caminho, e uma culpa a outra por não ter podido viver. Há cinquenta anos pensam assim, e os seus orgulhos em nenhum momento entenderam que talvez conseguissem resolver mágoas se conversassem um pouco.

Por isso, teimosas há meio século, não se falam. Nem se olham.

Conversassem, e certamente em algum momento a irmã mais velha teria perguntado à outra o que podiam ser aquelas dores que sentia no peito. E se olhassem uma à outra, por certo a mais nova teria percebido que a irmã está há três dias sentada na mesma poltrona sem se mexer.

ALMAS GÊMEAS

Edvaldo tamborila uns dedos nervosos sobre a mesa do restaurante. É difícil para ele estar ali, mas a decisão está – enfim – tomada. Pesa ainda uma vez todos estes sete, quase oito anos de casamento, e pensa que pode estar dando um passo errado. Lucia talvez não mereça. Mas agora não tem forças para voltar atrás. Ademais, a mulher já deve estar chegando.

Eles se conheceram há pouco mais de três meses numa destas páginas de relacionamento e desde então se falam todas as noites. No início, as conversas não continham nada de muito especial; com o passar do tempo, entretanto, eles foram se descobrindo verdadeiras almas gêmeas – a boba expressão foi de Edvaldo, como se naquela hora descobrisse um mundo, e a mulher devolveu-lhe apenas um sinal de profunda emoção.

No começo, ele informara à namorada virtual uma solteirice mentirosa – mesma condição dela. Depois, quando viu que seu coração estava definitivamente fisgado (expressão dele, também) e que aquilo tudo estava tomando um rumo muito sério, ele resolveu admitir que era casado. A verdade lhe emprestou um alívio meio sem motivo, e este alívio cresceu quando ela respondeu que, ao contrário do que havia dito antes, também era. Almas gêmeas não devem mentir uma para a outra, escreveu Edvaldo, sempre pronto à má poesia.

Desde então, firmaram sua paixão crescente mostrando ao outro e a si mesmo o quanto eram infelizes no casamento, o quanto sua excepcional condição humana não era reconhecida, o quanto haviam ficado para trás na vida cotidiana as promessas de noites embaladas a vinhos e flores, o quanto tudo isso era brecado pela pessoa com quem ambos dividiam a cama – sem sabor, confessavam os dois.

Por isso, Edvaldo não pensou duas vezes em responder que sim, quando ela propôs que se conhecessem de verdade, que se encontrassem naquele restaurante e daí saíssem para onde a vida os levasse.

Agora, no entanto, ele subitamente pensa em Lucia e novamente considera que ela talvez não mereça isso tudo e que ele pode estar dando um passo errado na vida.

E quando vê Lucia entrando pela porta, vestida exatamente como ambos haviam combinado pela internet, ele sabe que já não sairão juntos do restaurante.

ANGÚSTIA

Eu tinha ido ao mercado apenas para comprar umas coisinhas para o jantar e percorria despreocupadamente os corredores com o meu cestinho semivazio, quando o homem à minha frente começou a chorar. Não era um pranto intenso, alto; era, ao contrário, um choro algo decoroso, de alguém que parece envergonhar-se do que está fazendo. E o mais estranho: ao mesmo tempo em que chorava, o homem prosseguia em suas compras.

Por alguma razão, pensei que poderia ajudar. Perguntei ao desconhecido se precisava de alguma ajuda e ele me olhou como se não entendesse.

— Esse choro — comentei, tentando explicar.

O homem levou a mão ao rosto, sentindo as lágrimas em seus dedos, e me pareceu que só naquele instante percebeu que chorava.

— Desculpe — ele embaraçou-se. Depois, achando que precisava dar uma explicação à minha boa vontade, mas falando como se estivesse sozinho. — Não sei de onde vem este choro, mas ele acontece de vez em quando.

Estou caminhando na rua, dirigindo meu carro, olhando uma vitrine, lendo algum livro, fazendo compras, e daí a pouco estou chorando. Não é por nenhuma razão específica. É só angústia. Por causa destes tempos insanos em que vivemos. Angústia, nada mais. Pura angústia.

Depois, me encarou de verdade pela primeira vez e, em seus olhos, havia a angústia que tanto repetira:

— O senhor não sente isso? Uma dor desconhecida no peito, algo sem motivo e ao mesmo tempo com todos os motivos?

Respondi que não, e o homem deu um breve sorriso – o sorriso de quem parece entender algo que os outros não entendem. Depois, despediu-se e voltou às compras, como se nada houvesse acontecido.

Eu fiquei a olhá-lo enquanto ele se afastava pelo corredor, escolhendo um vidro de maionese; depois, sumiu na esquina em direção aos chocolates.

Então, voltei às minhas compras. E só quando passei a mão nos olhos percebi que chorava.

AMIGOS IMAGINÁRIOS

Almoçamos juntos em um restaurante, nós dois, às vezes tomamos um café; em raras ocasiões, acertamos as agendas para um cinema ou happy hour, programação sempre curta – daí a pouco, já estamos cada qual em sua casa. Não mais do que isso, há anos, mas esses encontros quase regulares acabaram criando, entre eu e ela, uma amizade cheia de bons segredos e silêncios. Nunca fui à casa de minha amiga, nem ela foi à minha: melhor talvez seja apenas imaginar as pequenas intimidades, a plantinha na área de serviço, o livro à cabeceira, o tipo de almofadas sobre o sofá, o canal em que a televisão está ligada. E mais: não conhecemos os amigos e amigas um do outro. Ela me fala de alguns queridos e queridas e eu faço o mesmo sobre os meus, mas são turmas diferentes, que nunca se cruzam e talvez tenham pouco a dizer quando se encontrarem. Porque a amizade é entre mim e ela, simples. E sabemos bem um do outro: há tantos anos conversando sobre os filmes que vemos, os romances sendo lidos, as pessoas com quem saímos, a psicologia dos cafés, a filosofia dos bares, algumas paixões comuns, a vida.

Bons amigos, ela e eu. Talvez um pouco solitários.

E então hoje.

De repente, ela me contou, enquanto almoçávamos num restaurante que eu havia sugerido, que há anos tinha alguns amigos imaginários.

— O quê? — eu perguntei.

— Amigos imaginários — ela repetiu. — Amigos com quem converso quando estou sozinha, completou.

Eu dei uma gargalhada tão alta que as pessoas das mesas próximas se voltaram para ver o que acontecia. Ela enrubesceu e deu às pessoas um breve olhar que parecia pedir desculpas.

— Amigos imaginários! Que bobagem, que bobagem! — disse eu, enquanto continuava a rir.

Ela não riu. Permaneceu séria, como se estivesse prestes a dizer algo importante.

— Mas eles existem! — explicou ela, tentando a serenidade que minha risada não deixava. — Tu, por exemplo, é um deles...

Então, eu ri ainda mais alto, uma gargalhada que não conseguia parar – o olhar dela para mim era de um desapontamento profundo, de uma amizade que se terminava. Mas eu ria, ria, o riso era mais forte do que eu, enquanto ela, à minha frente, não dizia nada.

E eu só fazia gargalhar daquela grande bobagem.

Mas, quando olhei para as minhas mãos e percebi que elas começavam a desaparecer, parei de rir.

DESCULPAS

Marinha me pediu desculpas na hora em que me deixava. Perdão, disse ela, lágrimas paradas nos olhos. Sempre essa delicadeza, Marinha, a preocupação miúda de diminuir impactos, como se o pedido de desculpas tivesse o poder de me deixar menos machucado. Mas o tempo inteiro em que estivemos juntos, estes anos em que soube que ela era a mulher da minha vida sem nunca tê-lo dito, Marinha foi assim todos os dias. Eu, o rugido, o estrondo; ela, a suavidade e o silêncio. Eu chegando em casa com a deselegância de um abalo sísmico, interrompendo com minhas urgências barulhentas os seus tempos de brandura. Eu arrotando sem notar nos restaurantes e ela pedindo desculpas com os olhos envergonhados aos outros clientes (mas quem é que não precisa arrotar às vezes?); eu me coçando em frente às amigas dela e ela me fazendo sinais que eram apenas pedidos (mas que culpa tenho eu se justamente naquela hora me coçavam as partes?); eu discutindo no sinal vermelho com o motorista do carro ao lado enquanto ela puxava meu braço para que eu deixasse para lá (mas como não xingar o sujeito que havia cortado a frente do meu carro?); ela fechando a porta do quarto para que na sala eu escutasse o futebol num volume possível a todos os vizinhos (mas ela deveria saber que é assim que as partidas têm mais emoção). Marinha sempre em silêncios, minudências, dando espaço ao meu espaço como se essa fosse a única possibilidade.

E agora, de repente, ela me deixa.

Esperou de malas prontas que eu chegasse em meu barulho habitual, e a verdade é que, quando começou a falar, não cheguei a escutá-la (talvez nunca). Ela repetiu, então, que estava me deixando, imperiosa, a voz decidida de quem já decidiu. Naquela hora, escutei. E, de repente, pela primeira vez, não consegui gritar, não pude rugir, não soube responder. Não consegui dizer nada.

Só o que eu conseguia era chorar. Chorar, chorar baixinho, como eu nunca havia chorado.

Perdão, ela pediu, enquanto dizia simplesmente que não aguentava mais e saía – ainda a delicadeza. E foi embora, batendo com leveza a porta. Perdão, repetiu.

Mas não, Marinha, não. Nem quando conseguir parar de chorar eu te perdoo.

VESTIDO DE NOIVA

O motivo pouco importa, mas o fato é que Zelinda está mexendo em armários no sótão, há muito imexidos, quando encontra, fechada há anos, a caixa de papelão em que guarda o seu vestido de noiva. Envolta em fita crepe, a caixinha escondida em desimportâncias, como se não guardasse qualquer memória. Mas agora, ali, é um mar de lembranças que, de repente, lhe aquentam o coração envelhecido.

Zelinda fecha os olhos e se lembra do dia, trinta anos atrás.

Trinta anos, trinta anos. Geraldo a esperando no altar, bonito como um querubim em seu terno branco, o sorriso que prometia vidas; ela entrando na igreja amparada nos braços felizes do pai, radiante de futuros, flor de laranjeira perfumando a leveza loura dos cabelos, as lágrimas lutando em vão para não cair, o vestido – este mesmo vestido que agora repousa na caixa, três décadas mais tarde. Geraldo e ela trocando as juras de amor com a certeza de que eram para sempre, na alegria e na tristeza, na saúde e na doença, e a festa, a festa.

Mas a vida depois da festa foi somente vida.

O querubim e a noiva foram aos poucos perdendo o encanto, os dias ficaram sem graça, caindo na mesmice cotidiana dos tempos cinzas. Os trinta anos haviam feito seus estragos, as promessas que ambos faziam para si mesmos não haviam sido cumpridas e aquela paixão para sempre havia se metamorfoseado em – em que mesmo? O beijo, pensa Zelinda enquanto ainda olha para a caixa fechada, há quanto tempo que não? O beijo apaixonado se transformando no beijo carinhoso que foi se transformando no beijo protocolar que foi se transformando no beijo sem vontade que foi se transformando no não-beijo. As refeições em silêncio ou de falas poucas, o quase desconforto quando se cruzavam no corredor, essa fraqueza em que haviam virado os dias, o que era isso mesmo e por quê? Não sei, Geraldo também não, ninguém sabe, pensa Zelinda nesse inventário de miudezas tristes, enquanto, sem perceber, chora de saudade dos primeiros anos de seu casamento.

Mas o vestido, ela quer saber, curiosa, como será que está depois de tanto tempo?

Abre a caixa e descobre o vestido de noiva: é apenas um pedaço de pano cheio de traças.

O SOL FRIO

Ramiro olha ao redor e tudo o que enxerga é essa imensidão verde e plana, esse deserto de campo cortado pela estrada fina e esburacada onde, desde que ele chegou, ainda não passou nenhum carro. Está parado há quase meia hora, dentro do seu próprio automóvel, escutando música e apenas esperando por Elisa, que já deve estar chegando. Ele olha o relógio, um pouco preocupado com a solidão pesada que o rodeia, e pensa que poderia estar com medo se o dia não estivesse tão claro, se já fosse noite – essas noites de lua quente que tanto o atormentam. Ela está uns minutos atrasada, mas não é isso o que preocupa Ramiro. Estacionou em frente ao posto de gasolina abandonado, conforme haviam combinado, e, enquanto observa a ferrugem que carcome há anos a estrutura metálica e escuta o rangido das placas balançadas pelo vento, tenta adivinhar por que Elisa teria proposto que se encontrassem assim tão longe e tão logo. Aquele posto abandonado está há mais de cinquenta quilômetros da cidade – a cidade onde ambos moram e se encontram furtivamente às tardes e às manhãs, nos desvãos dos quartos clandestinos das pensões e motéis, quando o marido de Elisa está viajando ou presidindo as tantas reuniões nas quais aumenta a cada dia a sua fortuna.

Elisa, ele pensa.

Elisa é um fulgor em sua vida igual, dádiva imerecida e ainda agora pouco entendida por ele: o que teria essa mulher enxergado em sua solteirice quase solitária, nos seus dias cotidianos de professor mal pago e silencioso, com nada a oferecer além de uns poemas mal feitos? Ela, casada com o homem mais poderoso da cidade; ela, para quem cada desvio era um perigo. Perguntara isso a Elisa uma vez, enquanto se beijavam como se houvessem nascido juntos, mas ela apenas suspirara, lágrima seca nos olhos, e pedira a ele que não falasse mais nisso.

Abotoa o casaco: o sol está frio. Então, olha outra vez o relógio e estranha novamente o atraso. Mas Elisa terá seus motivos. E os motivos para pedir que se encontrassem neste lugar tão ermo.

De repente, ele divisa o carro ao longe. Lá vem ela, pensa ele, logo saberá a razão e a urgência deste encontro.

Mas de quem será aquele outro automóvel logo atrás?

A HISTÓRIA

Sentada à minha frente no banco da Estação Rodoviária, a mulher parece não perceber o desconforto deste assento sem encosto, destinado a esperas curtas e despedidas. Terá mais de sessenta anos, com certeza, e a sua figura não parece a de alguém que teve boas sortes na vida. Nos cabelos meio desgrenhados, tem presa uma flor de plástico; as roupas que veste parecem feitas para doidas personagens de novela – o vestido largo e sem cor, sapatos planos e desprovidos de graça, um lenço vermelho e verde envolvendo o pescoço mal cuidado. Mas não é a isso que me atento agora: o que me chama a atenção é o pequeno ramalhete de flores meio amassadas que ela carrega em seu colo como se fossem o que há de mais valioso em sua vida. Meia dúzia de flores simples e campestres, envoltas num papel celofane amarelado e presas por um laço de fita cor de rosa.

E os olhos da mulher.

Na verdade, os olhos da mulher são o que há de mais importante. Eles buscam aquelas flores com uma alegria que nem se sabe, desacostumada a presentes, e que parece nem atinar direito o que fazer. A vermelhidão úmida dos olhos revela que esteve chorando ainda há pouco. Agora, ela sorri, às vezes, um pouco para si mesma e outro tanto aos transeuntes que correm para seus ônibus ou parentes, mas quase nada lhes presta atenção: o olhar da mulher é todo reservado ao buquê que lhe enfeita o colo.

Não sei se ganhou essas flores de um filho que foi ou uma irmã que vai viajar. Não sei se é com elas que espera por alguém querido. Não sei se simplesmente comprou-as por tê-las achado bonitas. Não sei se não encontrou esse ramalhete atirado nalguma lata de lixo e fez dele uma companhia à solidão em que agora está. Não sei.

E pouco importa: a história não está em quem partiu ou está chegando, nem nas razões pelas quais essa mulher sentada sozinha na Estação Rodoviária agora desvela as suas pequenas flores.

A história mora nos próprios olhos da mulher, e basta a si mesma.

EVELIA DE OLHOS BAIXOS

Evelia limpa a casa de olhos no chão. Sempre os olhos baixos, Evelia, sempre a trabalhar. Lava a louça, seca a louça, põe a mesa, tira a mesa, varre a poeira dormida dos quartos e as migalhas atiradas da cozinha, passa cera incolor no parquê da sala, estica os lençóis de todas as camas, dobra e guarda as calças e as camisas do pai e dos irmãos, engraxa os sapatos deles a cada mês, desmorona montanhas sujas na água gelada do tanque, estende a roupa no sol da manhã e corre a recolhê-la antes do frio úmido da tardinha, frita bifes malpassados para o pai e no ponto para os dois irmãos, esfrega a laje aquosa do banheiro, cerze os pontos desfeitos e os botões caídos, espana a memória esquecida das fotografias nas estantes do armário, corre à mercearia quando falta azeite, rega as flores que só ela enxerga no parapeito da janela, coze o pão temperado com erva-doce e, sempre de olhos baixos, deixa inapelavelmente limpos os vidros das janelas frontais da casa.

Isso mais do que tudo: deixa inapelavelmente limpos os vidros das janelas frontais, de onde se divisa o movimento quase inexistente da estrada. As janelas onde, às seis da tarde, Evelia repousa os braços de seu cansaço por uns momentos, como a agradecer porque mais um dia termina, olhando aqueles que passam sem ter sequer forças para invejá-los.

Sempre assim, desde que a mãe morreu, cinco anos atrás. O pai deitou-se em sua dor e de lá não saiu, mãos desajeitadas em dizer qualquer carinho à filha mulher. Os irmãos gêmeos desconhecem aquela sombra silenciosa e triste que lhes serve os pratos, empenhados que estão em descobrir as próprias vidas no alarido dos seus vinte anos. Pouco sobra a Evelia, senão trabalhar, olhos sempre baixos, enchendo de qualquer coisa o tempo dos dias.

O único respiro é quando chegam as seis horas e Evelia vai à janela, olhar o movimento e relembrar que existem cores na rua.

Depois, sempre de olhos baixos, prepara a janta e desfaz a mesa, muda frente à derrota perene do pai e a álacre juventude que provém dos irmãos. Olha um pouco da novela, apenas por olhar; depois, vai dormir a mesmice trabalhosa de sua vida.

Tem sido isso, Evelia trabalhando de olhos baixos, desde que a mãe morreu. Os dias iguais, faina e faina o tempo inteiro, um breve de luz às seis da tarde.

Mas Evelia dorme assustada hoje, porque não será assim para sempre.

Amanhã, já decidiu, fugirá de casa com o caminhoneiro que seguido passa pela estrada às seis, buzinando alto e que, numa das vezes em que parou, teve a delicadeza de elogiar seus olhos verdes.

SORAIA

O telefone tocou e Heitor atendeu sem maior vontade.

— Eu gostaria de falar com a dona Soraia, por favor — pediu a voz do outro lado da linha. Uma voz de homem, jovem, educada.

— Não tem nenhuma Soraia por aqui — respondeu Heitor, desligando antes que o outro pudesse dizer qualquer coisa.

Não demorou dois minutos e o telefone tocou novamente.

— Bom dia. Eu gostaria de falar com a dona Soraia — a mesma voz, a mesma educação gentil.

— Porra, meu! Eu já disse que aqui não tem nenhuma Soraia!

— Desculpe — a tranquilidade estudada se mantinha, imperturbável. — É que ela fez uma compra em nossa loja e deixou este telefone para contato. E é este mesmo, porque já liguei duas vezes. Eu precisaria apenas confirmar uns dados cadastrais...

— Cara, eu já falei que aqui não tem Soraia nenhuma! — Heitor agora era um grito ao telefone. — E mais! Quem vocês acham que são pra ficar ligando pras casas das pessoas e pedindo número de CPF, identidade, o escambau? Vai ver pedem até senha do banco! Quem é bobo de dar essa informação por telefone?

— A dona Soraia informou que poderíamos ligar...

— Mas aqui não tem Soraia, seu bocó! Não escutou o que eu disse? Vou repetir então: não tem nenhuma Soraia por aqui! Entendeu ou precisa desenhar? — a essa altura, Heitor já estava irado.

— Tudo bem, amigo. Não precisa se exaltar. Foi apenas um engano. Desculpe e até logo.

— Vou te dar o engano! Ligam só pra aporrinhar o dia da gente! — gritou Heitor para um telefone mudo: o outro já havia desligado.

Olhos em fúria, Heitor permaneceu ainda alguns segundos mirando o bocal do aparelho, como se a voz pudesse aparecer por ali e ele conseguisse dar vazão àquela vontade de bater em alguém.

Bater, bater, bater. Bater até cansar.

Ao seu lado, muda e transida de um pavor cada vez mais diário, Soraia já não sabe o que fazer com o ciúme doido do marido.

ESTÁTUAS VIVAS

A estátua viva, engalanada em suas vestes brancas de pitonisa grega, enfeitava com sua imobilidade a movimentada manhã dominical da Redenção. O colorido e o burburinho, as crianças a tocar-lhe as roupas para saber se eram de verdade, os raros latidos dos cães menos inteligentes, nada conseguia romper-lhe a atenção que, brilho claro e alvaiade no rosto, reservava à personagem. À frente do banquinho no qual se equilibrava havia horas, um pote no qual os frequentadores do brique depositavam alguns trocados. Apenas de quando em vez, porque até às estátuas deve ser dado o privilégio do movimento, ela trocava de posição, sem alterar a expressão vaga e distante do olhar e sem sorrir: sorrisse, e o dente faltante lhe destruiria a altivez de pitonisa, e terminaria sem dinheiro o seu domingo.

Lá pelas duas da tarde, cansado de espingardear entre as banquinhas de antiguidades e artesanato nos quais mexera em tudo o quanto coubesse em suas mãos, o menino de rua descobriu a estátua. Coçou sem pudor os calçõezinhos rotos de caridade e mostrou a língua à personagem, disposto a arrancar-lhe algum sorriso, mas não: o outro seguia incólume à sua frente e parecia olhá-lo como se não estivesse ali. O garoto, então, tentou uma palhaçada – mas foi como se não houvesse feito nada. Resolveu, por fim, fazer o que gostaria de ter feito desde o início: postou-se na exata posição em que se encontrava a estátua, mãos e pés procurando os ângulos até que o encontrassem, e assim ficou. Naquela hora, pareceu perceber que os olhos da estátua lhe devolviam um brilho de admiração e agradecimento, e esse olhar aquentou-lhe o coração sem casa. E então – porque talvez fosse, naquele dia, a primeira vez que alguém lhe prestava alguma atenção – resolveu ficar, decidido a ser mais estátua que a própria estátua.

Mas a alva pitonisa – que também crescera sua dureza pelas noites e dias das ruas –, naquele instante, decidiu que um menino iniciante não poderia ser mais estátua do que ela. Respirou fundo, num movimento cênico – ele também respirou fundo –, e ambos pareceram ter resolvido ao mesmo tempo e numa espécie de bem humorado desafio mudo que não sairiam de seu lugar enquanto o outro não se mexesse, ninguém a esperá-los em suas solidões.

Há dois domingos estão lá, imóveis, pobres espelhos sem destino, e o vento de outono já levou as notas mirradas que repousavam, raras, no potinho. Mas não se mexem por nada, dispostos a não perderem aquele duelo de talentos sobreviventes, e a verdade é que, hoje, ninguém mais sabe se ambos ainda são gente ou se já viraram pedra.

A TEMPESTADE

A rádio anunciou a tempestade, chuva e vendaval, daqueles que derrubam árvores e postes nos seus tempos de maior força. O locutor ainda avisou: quem não precisasse sair, ficasse em casa. Era mais seguro. Segundo a rádio, a chuva não seria pequena.

Assustadas, as pessoas resolveram trancar as portas, arrostar as janelas, prender os bichos, escorar os galhos das árvores, deixar as lâmpadas desligadas, colocar os santos em cima das mesas. A maioria foi ao mercado e comprou uns litros de água mineral, comida enlatada. A rádio disse que a chuva seria perigosa, podia ser longa: ninguém achou que devesse arriscar.

Quando chegou o dia da tempestade anunciada, a manhã apareceu tão clara e límpida quanto as outras. Quem abrisse a janela e olhasse o céu à procura de nuvens queimaria os olhos de tanto azul. Mas, sempre temerosas, as pessoas mantinham trancadas as portas de suas casas, rezando para que a tempestade resolvesse ficar pouco na hora em que chegasse. De vez em quando, angustiadas, espiavam por frestas das janelas, a ver se o céu já começava a coruscar em algum canto. A tormenta não demora, pensavam. Afinal, nos rádios de cada casa, impávido, o locutor seguia informando a chuva.

As pessoas que precisavam sair – só essas – enfrentavam as ruas com casacões, impermeáveis e guarda-chuvas, roupas acinzentadas que destoavam um pouco do sol a pino que teimava em seguir brilhando – apesar da rádio. Ninguém ria, ninguém achava engraçado o outro suando a cântaros naquela mormaceira, porque daí a pouco chegava a tempestade e o peso sério das capas já estaria justificado. Alguns carros, precavidos, circulavam com os para-brisas ligados: riscava um pouco o vidro, mas é que a rádio anunciava a tempestade cada vez mais alto e ninguém quer ser pego desprevenido.

A noite desceu cheia de estrelas, clara e tranquila. Mas, em suas casas, recolhidos e cada vez mais ansiosos, os moradores seguem renovando seus cuidados, revisam as trancas das portas e as fechaduras, acendem novas velas em frente aos altares improvisados.

É que a rádio segue anunciando a tormenta. Amanhã, dizem todos, ela deve chegar.

RESPEITO

O senhor veja que eu sou uma mulher de bem, doutor. Uma mulher de paz. Não mexo com ninguém, não me meto na vida dos outros. Vou de casa para o trabalho e do trabalho para casa, nem sei o que falam os vizinhos. Cumprimento todos, não nego um comentário sobre o tempo, o calor, coisas assim, mas não mais. Não escuto fofoca da vizinhança. E detesto escândalo, me dou o respeito. É isso: me dou o respeito.

Por isso, quando Remoaldo chegou em casa dizendo que ia embora, assim sem mais nem menos, eu não pensei em fazer nenhuma cena. Não perguntei nada, fiquei com os olhos meio baixos como é mesmo o meu jeito pensando que cada um é livre para fazer o que achar melhor. Por causa da vontade dele e por mais que me doesse, não ia eu sair fazendo escândalo. Como eu já lhe disse, me dou o respeito.

Nem quando ele falou que estava saindo por causa de outra mulher eu me alterei. O coração pareceu que virava vidro naquele instante, agonia e tristeza como eu nunca tinha sentido antes, mas aguentei firme, encarando o chão para que ele não percebesse o brilho lacrimoso dos meus olhos e resolvesse ficar comigo por pena. Pena eu não quero, doutor, porque se tem uma coisa que eu não abro mão é me dar o respeito.

 E eu gelei, lhe juro que gelei, quando o Remoaldo disse que estava indo para a casa da Vânia. Foi como se uma agulhada me atravessasse o peito e ficasse escarvando a carne, tanta a dor. Um sofrimento que ia além destes anos todos que estamos juntos, deste amor que eu ainda tenho pelo meu marido. O Remoaldo e a Vânia, pensei, recolhendo o choro. Ela é uma das vizinhas que eu cumprimento todo o dia, bom dia, boa tarde e não mais que isso, porque sempre achei ela meio atirada e para tudo eu me dou o respeito.

 Quando ele repetiu que ia para a casa da Vânia, vi que a intenção era me humilhar. Porque não precisava, o senhor sabe. Mesmo assim, fiquei com os olhos no chão, muda, deixando que ele se fosse, e só quando levei a mão ao rosto foi que percebi que chorava. Mas não falei nada, não ia lhe dar o gosto da minha derrota, porque me dou o respeito.

 Ele já estava aprontando as coisas, doutor, botando na mala as roupas que eu mesmo tinha dobrado e de tudo quanto é maneira tentava me provocar. Procurava as roupas devagarinho e me olhava de vez em quando. Parecia que tinha culpa de sair sem alguma gritaria que lhe desse motivo, mas eu nada. Aguentando firme, porque não ia fazer cena numa hora difícil dessas. Eu chorando baixinho e ele me provocando. Até o momento em que Remoaldo pareceu roncar alto, um som estranho e meio desconhecido. Quando levantei os olhos, assustada, percebi que ele gargalhava.

 Foi só aí, doutor, que eu peguei a faca.

MAIS TEMPO QUE UMA VIDA

Há trinta e cinco anos que não se veem. Foram namorados, ele recém completara vinte anos, ela ainda não havia chegado aos dezoito, e a paixão era tanta que doía. Ele gravara o nome dela no lado esquerdo do peito num tempo em que a tatuagem, mais que intrincada prova de amor, era quase uma manifestação de insanidade. Ela escrevera em seu diário adolescente a verdade de nunca mais esquecê-lo. Para sempre, dissera ele enquanto mostrava a tatuagem à namorada. Para sempre, dissera ela recolhida em suas anotações.

E depois brigaram, sem saber bem a razão.

Cada qual seguiu seu caminho, apaixonados ainda, um culpando o outro pelo que havia acontecido. A juventude é um grande muro e, por essa razão, nenhum dos dois soube dar o passo atrás, o pedido de desculpas, o sorriso que restaurasse o amor. Apenas se separaram, corações sangrados e orgulhosos.

Mas nunca esqueceram um do outro. Por amigos comuns, vizinhos, parentes, notícias, ela soube que ele havia casado, era representante comercial da mesma empresa há anos, que tivera dois filhos, fizera sempre um bom dinheiro na vida e, há cerca de dois anos, enviuvara. Nunca soube que ele apagara a tatuagem. Ele acompanhara de longe os estudos dela, a formatura em direito como a primeira da turma, a decisão de lecionar numa universidade paulista, o casamento sem filhos que não dera certo e acabara tão logo ela chegara a São Paulo. Não ficou sabendo se ela jogara fora os diários. E sempre que um escutava do outro, era um suspiro, um tremor – a incerteza do que poderia ter sido.

Por isso, ele balbuciou sim quando, trinta e cinco anos depois, escutou ao telefone aquela voz que, ainda que estivesse mais metálica e cansada, guardava a mesma autoridade com que costumava vencer as discussões. Ela viria dar uma palestra na faculdade e ficaria uns três dias para rever amigos, por isso, quem sabe, almoçassem juntos. Sim, ele respondera, emocionado, enquanto ela marcava o dia e o restaurante em que se encontrariam. Depois, pálido, esquecera de devolver o fone ao gancho.

Agora, ele a aguarda no restaurante, em suores outonais, e não para de olhar no relógio o atraso que já vai além de meia hora. Ela chegará, espera ele, e não será impedimento a nada esta calvície inclemente, estes vincos cansados, esta barriga de prosperidade. Ela vai me reconhecer, pensa.

Noutra mesa, próxima à janela, uma senhora gorda e de cabelos tingidos olha o tempo todo em direção à entrada e pede outro martíni seco. Cada pessoa que entra é um susto e uma esperança.

OS OLHOS DO MEU FILHO NOS DE OUTRO FILHO

A correria em busca do ninho de Páscoa já havia terminado, e eu e meu filho saíramos para buscar o almoço – ele carregado de chocolates e bombons como se fossem prêmios para os seus cinco anos de infância feliz – quando paramos no semáforo. A cidade estava vazia, ninguém pelas ruas e abaixo daquele sol do meio-dia, mas o menino parecia me esperar, ao lado da sombra mínima de uma arvorezinha.

— Dá uma moeda, tio? Pra comprar um pão.

Ele teria os cinco anos do meu filho. Talvez tivesse uns sete ou oito, mas a vida o deixara pequenino e, ainda que pudesse ser um pouco mais velho, tinha, sim, o tamanho do meu menino. E estava sozinho naquela esquina. Todas as crianças de um mundo justo deveriam estar procurando seus ninhos pascoais, ou se divertindo com o que já haviam encontrado – mas aquele menino me pedia uma moeda no sinal.

Procurei no console, havia umas moedinhas e uma nota de dois reais. Estendi-as todas ao pequeno, como se aquilo fosse significar alguma redenção, e ele me agradeceu, enquanto se espichava para olhar dentro do carro.

— Obrigado, tio.

Naquele instante, o braço tranquilo de meu filho se estendeu, carregando dois bombons tirados do seu enorme ninho.

— Ó. Pra ti — ele disse ao outro menino, e nada mais.

— Valeu — o outro agradeceu, e fez ao meu filho um sinal de positivo.

Então, percebi que eles se refletiam num sorriso meio cúmplice e seus olhares se trocavam. E também percebi que eram olhares diferentes. O olhar de meu filho tinha mesmo cinco anos, o brilho inteiro de uma infância que recém se abria; o olhar do menino do semáforo era velho e sério, havia passado pela infância sem poder enxergá-la.

Um olhar cheio de chocolates, o outro pedindo moedas para comprar pão.

Quando o sinal abriu, arranquei o carro em direção ao almoço; meu filho seguia brincando no banco de trás com os tantos doces restantes. Mas, na minha nuca, queimando, o olhar de pouca vida daquele outro menino parecia cravado.

O NOME DO CRIME

O delegado surpreendeu-se quando foi verificar a turma dos recolhidos ao distrito naquela noite. No meio da clientela habitual – os travestis, os bêbados, desocupados, pequenos arruaceiros –, estava a velhinha, pega enquanto fazia ponto numa esquina pouco iluminada.

— Qual a sua idade, tia? — ele perguntou, estranhado e divertido.

— Setenta e quatro — respondeu a mulher, timidez desorientada.

— E desde quando a senhora anda nesta vida?

— Comecei há pouco — ela respondeu com uma sinceridade ingênua, e novamente o delegado se surpreendeu.

— E pode-se saber o porquê?

A velhinha pediu para sentar-se antes de responder; estava um pouco cansada da noite. E ainda estas novidades de delegacia de polícia: tudo tão novo, as palpitações.

— Foi depois que meus filhos todos saíram de casa. Tudo ficando grande demais, a casa, a poltrona, os dias, as noites compridas, demorando a passar. Sono de velho nunca chega e logo passa – e aí, o senhor sabe, aquele silêncio todo. Uma agonia.

— Mas os seus filhos nunca lhe visitam? E eles sabem disso? — o delegado estava sensivelmente interessado.

— Não! Nem podem saber! Iam morrer de vergonha — a velhota respondeu, embaraçada. E, depois de um tempo em que parecia não saber o que dizer: — Eles são umas joias, mas não têm muito tempo de me visitar. A gente entende, eles são mesmo muito ocupados. Mas seguido me telefonam.

— Mas e isso é razão para ir para a rua, tia?

— Melhor do que ficar em casa sozinha — comentou a velhinha, sincera.

O delegado a olhou com certa ternura, e fez-lhe um gesto de que estava liberada. Ela primeiro não soube o que fazer; então saiu, agradecendo a atenção.

O delegado e o escrivão ficaram se olhando, mudos durante um tempo. Depois, o escrivão quis gracejar, mais para quebrar o incômodo.

— E qual o crime da velhota?

— Solidão — definiu o delegado. — Solidão é o crime.

ENGANO

— Consultório sentimental da Irmã Zoraide — a voz anasalada no telefone surpreendeu Antônio.
— Não é da casa da Cláudia? — ele perguntou, certo de que era.
— Não, meu amigo. Estas telefônicas estão cada vez mais doidas. Aqui é do consultório sentimental da Irmã Zoraide.
— Desculpe, pensei que era o número da Cláudia. Foi engano.
— Não existem enganos, amigo, não existe o acaso. — a voz nasal era séria do outro lado da linha. — Tudo na vida é destino.
— Sim, claro...
— Quem sabe não é o destino que o fez ligar para o meu consultório? Quem sabe você não quer conversar comigo em vez de falar com a Cláudia? Me responda: por que, dentre todos telefones desta cidade, você foi ligar justamente para o meu?
— Pois é... — Antônio vacilante, sem saber o que dizer.

— A resposta é simples: o destino manda em tudo. Como eu dizia: você não quer falar com a Cláudia. Pense: o que ela representa em sua vida? É noiva, namorada?

— Ainda não.

— E nem vai ser! Imagine: qual o futuro de uma relação que começa com um telefonema errado? Ou, como você diz, com um engano? E, deixando você pendurado no telefone, o que Cláudia estará fazendo nesta hora? Deve estar se divertindo sozinha, enquanto você está aí, tão nervoso que não consegue nem acertar um número!

— Aquela sem-vergonha...

— A Cláudia não lhe merece e nem você a quer! Parta para outra. Procure uma mulher que lhe dê o telefone certo e seja feliz.

— Isso mesmo! — a voz de Antônio, agora, era animada. — Obrigado, Irmã Zoraide! Quanto lhe devo pela consulta?

— Nada! Se o destino me colocou aqui para ajudá-lo na vida, não posso cobrar nada...

— Muito obrigado então! A senhora me abriu os olhos — e ele estava mesmo emocionado ao se despedir, ainda agradecendo.

Quando desligou o telefone, Cláudia não pôde – nem quis – segurar o riso aliviado: para algo tinham valido as aulas de teatro na faculdade.

OFERENDA

Eu queria te trazer o mundo – mas não é o que tenho nem o que queres. Quem sabe então um campo inteiro de rosas não-colhidas, mas onde os meus braços para abraçá-lo? Então a maciez da relva coberta de orvalho, mas quebraram-se os cântaros de recolhê-la. Ou o conforto ensolarado de um domingo de inverno – e, no entanto, me faltam dedos para colher o sol. Também poderia trazer-te uma pedra cheia e toda vestida de ouros e diamantes, mas nestas mãos que te estendo só cabem os cascalhinhos pequenos de minha vida vagamunda. Ou o brilho refletido das estrelas no lago, apanhadas no batel da noite, mas e se os meus olhos são feitos de dia? Quem sabe, então, o aroma que recende das lembranças das viagens?, mas o meu coração ainda conhece tão pouco e deseja tão mais, tão mais. Queria te trazer o calor de todas as fogueiras e, no entanto, ele vira gelo frente à quentura de teu olhar – então não o trago. As cores dos quadros não-pintados e as palavras ainda não escritas nos livros – pensei nisso e não pensei, tentei trazê-los e também não tentei, e quando o fiz eles se desfizeram no caminho. E também queria te oferecer o tempo, mas o jornal de ontem não quis embrulhá-lo e não quero ainda agora as notícias de amanhã. Ou te oferecer o meu próprio tempo, este tempo todo que ainda tenho – mas não é o meu tempo o que deves desejar. Pensei em trazer-te o vento e desisti quando lembrei que ele já vive nas curvas dos teus cabelos. Uma cesta inteira de frutas que não existem para que guardasses contigo todos os sabores, mas meus saltos curtos não alcançaram os galhos das árvores impossíveis. Então, talvez um pote cheio de delicadezas, pensei, e, no entanto, elas seriam tão poucas junto às tuas tantas. Ou um livro inteiro das minhas ignorâncias, mas elas não cabem em um livro só. O cheiro dos eucaliptos no outono, o brilho do voo cego dos anjos, o bater de asas dos colibris, a fonte eterna – tudo isso também quis trazer-te em oferenda, só que não tenho as forças nestes meus braços magros.

    Pensei, por fim, em te trazer todas as certezas – mas se eu ainda sou apenas um menino!

    Não te ofereço nenhuma dessas maravilhas. Elas não me cabem.

    Por isso, só o que te trago agora são estas mãos vazias, e este jeito meio torto de me apaixonar.

A MALVADA

Eram pouco mais de seis e meia da manhã e Aristeu recém abrira o armazém, quando a mulher entrou. Perguntou se havia cachaça e ele apontou a prateleira. Ela o corrigiu: queria saber se serviam a bebida ali mesmo. Aristeu assentiu, mas olhou o relógio, um pouco ostensivamente, apenas a mostrar que achava muito cedo para uma mulher começar a beber. Mas ele era apenas o bodegueiro, pensou, e o cliente sempre tem razão.

Serviu o copo e a mulher o agarrou com dedos trêmulos. No entanto, não era o tremor bêbado que Aristeu estava acostumado a encontrar quando servia bebida aos pinguços habituais. Não: o tremor trazia em si uma espécie de angústia, indignação, raiva que cruzava noites. Só que ele não era psicólogo para ficar tentando descobrir as razões daquela ânsia. Era o dono do bar, atendendo a mulher que já pedia outra dose.

Ela tomou a nova cachaça em um gole só e, enquanto depositava o copo no balcão com alguma violência, perguntou:

— Conhece um tal de Orlando, que mora por estas bandas?

— Não — disse Aristeu.

— Estranho. Os bodegueiros sempre conhecem todo mundo ao redor.

— Pode ser. Mas eu não conheço. Não me meto muito na vida dos outros.

Ela o olhou como se quisesse entender a frase. Depois, adendou:

— E sabe quem pode conhecer?

Ele sacudiu a cabeça em negação: nem ideia.

— Pois se souber, ou encontrar quem saiba, lhe peço que passe um recado: que digam ao Orlando que, quando eu o encontrar, vou matá-lo.

— E por que, moça? — perguntou Aristeu.

— O Orlando sabe. E também sabe que merece.

Aristeu ficou em silêncio um instante. Em seguida, achou por bem perguntar:

— E quem está mandando esse recado?

— O senhor só diga que foi a Malvada. Ele sabe quem é.

— A Malvada — repetiu Aristeu, enquanto a mulher atirava algumas moedas sobre o balcão e sumia como se não tivesse entrado. — A Malvada.

Quando o filho acordasse, pensou, teria que mandá-lo para a casa de parentes por uns tempos.

AS QUEDAS

Tristeza morna no coração, o homem retornará hoje à noite para seu país, e decide dar ainda uma caminhada última nesta cidade que tanto o agrada e para onde viajou sozinho. Sozinho ficou nos dias necessários à viagem, já que não conhece ninguém nesta outra terra, mas não houve nenhuma solidão a incomodá-lo: a cidade é tão bela, tanto a ver em silêncio, que ele mesmo se basta. Vai andar apenas algumas poucas quadras, perceber as luzes do dia que já começam a ser trocadas pelos primeiros clarões da noite e guardar nos olhos esta saudade que já começa a sentir. Tão curto será o passeio que resolve nem levar dinheiro ou documentos. Daqui a pouco, voltará ao hotel e daí o táxi o levará ao aeroporto.

Anda pela cidade com passos de quem deseja ficar. Não olha nada em especial, apenas olha. O fato de estar só, de ninguém conhecê-lo por aqui, sem lenço e sem documento, sem dinheiro no bolso e nenhum compromisso que não o de estar à hora certa no avião, parecem dar a impressão de torná-lo ainda mais livre, e o homem – sério e circunspecto em seu cotidiano – começa a cantar. Anda por três, quatro quadras, sempre cantando, desafinado e sem perceber o olhar divertido de alguns transeuntes, até que sente no peito um formigamento breve –

                                      e cai.

    Cai nesta cidade desconhecida e todas as luzes do dia e das ruas se afastam de seu olhos naquele momento. Cai e se dá conta que andou mais do que devia, o hotel está longe e ninguém irá vê-lo. Cai e ainda consegue lembrar, num desespero último, que não carrega nenhum documento, nada a dizer quem é e onde mora, nada a revelar quem lhe espera. Cai e o peito explode por dentro, ninguém a acudi-lo nesta terra estrangeira.

    Quando alguns dos passantes dão conta de ajudar, já é tarde.

    Na hora em que o homem cai, uma janela bate de repente, numa tarde sem vento, derrubando um copo cheio de água. É a janela da casa dele, em seu país. A mulher se assusta por um instante, e se angustia no momento seguinte, mas logo passa: não acredita em sinais, a vida é sempre o que tem que ser. Depois, olha o relógio e sorri enquanto já começa a limpar os cacos de vidro: as horas demoram a passar, mas hoje à noite seu marido estará em casa.

FIDELIDADE

Ramiro chegou em casa ao redor da uma e meia da manhã, depois de uma sinuca regada a cerveja e vinho em copo, e encontrou Irene acordada. Estranhamente acordada. A mulher, olhos parados na noite, não parecia incomodada pelo horário em que chegava o marido, até porque as madrugadas solitárias eram quase uma bênção a distanciar seu corpo do suor pegajoso de Ramiro. Era outra a inquietação que se desprendia dela, algo novo a intrigar a curiosidade bêbada do homem.

— Que foi? — perguntou ele, seco.
— Nada — disse ela, sem acreditar.
— Fala! O que foi?

Ela olhou o chão, indecisa. Se Ramiro a conhecesse, saberia. Mas não.

— Fala! — ele ordenou.

As palavras pareciam encher a garganta de Irene, avolumando-se além de suas forças, até que ela pareceu não aguentar mais.

— Antônio queria ir embora comigo.

— O quê? — Ramiro pareceu não entender, o olhar subitamente injetado de bebida e ódio.
— Foi isso! — exclamou a mulher, e havia algum alívio em sua voz. — Ele me pediu pra largar tudo e fugir com ele. Ir pra longe, não voltar nunca mais.
O homem não disse nada. Pegou a faca no armário da cozinha e, quando Irene quis impedi-lo, jogou-a longe com um safanão que lhe avermelhou o rosto cansado. Depois, erguido em brios de macho ferido, bateu a porta da casa e correu, doido, em direção ao barraco do vizinho: acordaria Antônio a facadas.

A mulher permaneceu deitada no chão, esfregando o rosto ferido, rindo e chorando ao mesmo tempo. Amanhã, o marido estaria preso. E Antônio decidira o próprio destino, pensou: se, em vez de mandá-la embora, tivesse aceito o convite, agora estariam longe daqui. Irene bem que havia dito a ele que, se não ficasse só com ela, não ficaria com mais ninguém.

LÁZARO E VIVALDO

Eles costumam pagar a conta do mercado em dinheiro: menos para se preocupar depois. O saldo da conta bancária de Vivaldo é de mais ou menos quinze mil, o que lhe permite viver os dias deste mês sem maiores desassossegos. A conta de Lázaro agora está um pouco menor, mas há uma explicação: foi ele quem pagou a prestação do carro. Meses pares, Lázaro; meses ímpares, Vivaldo. Os pais de Lázaro o consideram o melhor filho do mundo, no que existe uma certa disputa com a mãe de Vivaldo – ela, por seu lado, acredita que o melhor filho do mundo é mesmo o seu. De qualquer modo, contemporiza bem humorado o pai de Lázaro, os dois estão certamente juntos na lista dos dez melhores. Dos cinco melhores, corrige a mãe de Vivaldo. Os dois são voluntários num orfanato do bairro, contam histórias e brincam com a garotada em todas as tardes de sábado. Lazaro é professor há duas décadas, geografia e história, e os alunos dos primeiros tempos da carreira ainda hoje o cumprimentam na rua, às vezes conversam um pouco e ele se dá conta de que seguiram bem em suas vidas. Vivaldo andou por diversos empregos até que, há seis anos, pegou as economias e decidiu abrir um restaurante, que vai bem, obrigado. Talvez por isso adore ficar em casa sempre que pode, lendo um livro, enquanto Lázaro corta um dobrado para visitar os amigos. Vivaldo repetiu o voto no PT na última eleição; Lázaro não comenta em quem votou. Lázaro é torcedor dos mais empedernidos, enquanto Vivaldo acompanha os jogos sem maiores arroubos e entendimentos: o time anda tão bem que nem convém torcer muito, ele brinca, porque se melhorar estraga (Lázaro não gosta muito dessas brincadeiras, mas enfim). Quando sai pela manhã, a pé para o colégio, Lázaro sempre acha tempo de conversar uns minutos com a vizinha da casa ao lado, nem que seja só para comentar como estão bonitas as rosas que são o orgulho de dona Teresinha. Vivaldo, como sempre, sai em cima da hora, raramente consegue o tempo de jogar as conversinhas fora, mas a vizinhança não esquece que foi ele quem levou de carro, voando baixo até o hospital, o Badequinho, filho do seu Arlindo, quando o garoto caiu de bicicleta e bateu a cabeça. Acabou não sendo nada grave e o Arlindo ainda fez questão de lhe mandar uma cesta cheia de laranjas e limões colhidos em seu pátio, quer presente mais bonito?

    Lázaro e Vivaldo se dão bem com todo mundo. Lázaro e Vivaldo não devem nada a ninguém.

    É por isso que, sorrindo, passeiam agora de mãos dadas pela rua.

BOA VIZINHANÇA

Prezado Vizinho do 703:

Embora não nos conheçamos pessoalmente, já devemos ter nos cruzado pelos corredores do condomínio, tendo em vista que resido no apartamento 704, imediatamente ao lado do seu. Estou lhe passando este bilhete pela sacada, com auxílio de uma vassoura e dois prendedores, a fim de solicitar-lhe a especial gentileza de podar as plantas carnívoras que, há anos, cria na área de serviço de seu apartamento.

Ocorre que, há certo tempo, as suas plantas vêm invadindo o imóvel em que resido, causando-me alguns transtornos. Além da sujeira habitual, tais como folhas e restos de insetos, informo que as plantas, talvez à falta de uma alimentação mais consistente, têm saciado sua fome com aquilo que encontram em meu apartamento. O vizinho, por exemplo, deve ter reparado que, subitamente, cessaram os latidos que infernizaram diversas noites do prédio. A explicação é simples: as plantas devoraram o poodle de minha esposa. Nenhum problema para mim, que já não aguentava os ganidos histéricos daquele animal, mas o sangue seco no carpete foi difícil de limpar. Os móveis da sala – mesa, cadeiras, sofá, poltrona, mesinha de centro, estante das fotografias, o aquário com o peixinho dourado – também foram, um a um, consumidos pelos braços e gargantas vorazes de sua plantação. Também nesse item não se pode dizer que tenha havido maior problema, tendo em vista que não saímos muito e pouco recebemos visitas, razão pela qual a ausência de um sofá faz pequena diferença. Mas a sujeira. Depois, as plantas invadiram o meu armário e devoraram todas as minhas roupas. Camisas, calças, paletós, bermudas, sapatos, tudo desapareceu. Para mim, fez pouca diferença, porque – como já disse – não sou de sair muito, e o pijama que sobrou, em que pese esteja um pouco encardido, me basta. A porta da entrada não foi engolida, mas as plantas a enredaram de tal forma que é impossível sair (por isso, o bilhete pela sacada). E há três semanas, veja só!, as famintas devoraram minha esposa. Inteirinha, não sobrou nada. Até aí, também não há motivo de preocupação – estávamos nos separando, e a verdade é que suas plantas me economizaram um bom dinheiro em advogado. Obrigado. Na semana passada, engoliram o fogão, que não chega a fazer falta porque, desde que minha esposa se foi, só tenho me alimentado com leite em pó, biscoitos e enlatados. Como o vizinho pode ver, também aí não há problema.

    Mas estou lhe mandando este bilhete pedindo providências porque reparei que suas plantas agora estão crescendo em direção à minha tevê. E sem televisão eu não consigo viver.

    Atenciosamente, seu vizinho do 704.

A GARE DESERTA

Há vinte anos, quando a companhia federal de trens decidiu terminar com os serviços daquela linha, ninguém soube o que fazer com o zelador da gare de Campo Seco. O ponto mais distante, abandonado, o mais deserto de toda a viagem; nunca ninguém embarcava ali. E porque não sabiam o que fazer com o homem, acabaram por deixá-lo ali mesmo: pagar-lhe o salário miserável ao longo dos meses era mais fácil do que todos os trâmites e burocracias de transferi-lo para outro lugar.

E assim foi.

Desde então, todos os dias, o homem repete os mesmos passos de chegada à estação. Às sete da manhã, sempre; nunca se atrasa. Abre a porta e as janelas da gare, respira o ar aberto e silencioso de todo aquele descampado; depois, bate o cartão-ponto. Varre em instantes o pó dormido da salinha, arruma a mesa e a cadeira, confere o dia no calendário. Senta-se no único banco da gare e observa os trilhos escondidos por baixo desse abandono de duas décadas, enquanto busca, ao longe, a presença de algum passante.

Mas nunca aparece ninguém.

Na hora do almoço, após registrar o horário, fecha a salinha e come o que trouxe de casa. Depois, no tempo que resta de intervalo, dá uma caminhada pelas cercanias ou dorme alguns minutos. Bate o cartão-ponto da tarde e senta-se no mesmo banco em que gastou em vagares a manhã, olhando novamente os longes e de novo esperando por ninguém. Quando são cinco horas, é tempo de ir embora, até o próximo dia. Arranca a folha do calendário, fecha porta e janelas e, então, parte.

Sempre assim, nestes vinte anos inteiros.

Mas hoje é diferente. Na semana passada, recebeu o comunicado de sua aposentadoria e, no papel, a ordem é que o dia de hoje seja o último trabalhado. Amanhã, assim era a ordem, não precisaria mais vir.

E, enquanto fecha as janelas por cujas frestas já se começam a adivinhar as primeiras escuridões da noite, o zelador só consegue pensar, meu Deus, no vazio que será a sua vida a partir de amanhã.

NOTÍCIA DE JORNAL

Absorto na leitura aborrecida do jornal, o velho enxotava sem perceber os pombos que, na expectativa inútil de uns grãos de milho, se aproximavam do banco de praça em que ele sentava-se sozinho todas as manhãs. Pouco cuidara as notícias, o velho, cingindo sua atenção às altas dos preços de remédios e das comidas, seus poucos prazeres e necessidades. No mais, apenas passava um tempo ao sol, aquecendo as juntas antes de voltar ao quartinho de pensão em que, há tantos anos, gastava seus dias.

Quando o desconhecido sentou-se ao seu lado, deu-lhe uma breve olhada e pareceu perceber naquele rosto alguma lembrança, mas logo voltou à leitura. O desconhecido, então, espichou o pescoço, buscando alcançar com os olhos as notícias que moravam no jornal do velho. Este, incomodado, afastou-se uns centímetros no banco e fechou um pouco o jornal, de modo a dificultar a leitura a qualquer olhar que não o seu. Mas o outro não percebeu o movimento:

— Viu a notícia do homem encontrado morto?

— Não — respondeu o velho, cortante. Não precisava da companhia desses malucos que puxam assunto na rua.

— Morreu de solidão — o outro pareceu não ouvi-lo.

— Não li a notícia — o velho tentava ainda terminar cedo aquela tentativa de conversa.

— Solidão. Foi de solidão que ele morreu — falava como que consigo mesmo. — Mas a notícia não diz isso. Só diz que o homem foi encontrado morto na rua, isso. Como se alguém morresse de nada.

— Já disse que não li! E, se morreu alguém, problema dele. Não tenho nada a ver com o azar dos outros.

— Está na página de polícia, uma notinha no rodapé — o desconhecido prosseguiu, imperturbável. E depois, como a convencer-se da tristeza de tudo aquilo: — Morrer de solidão, imagine!

Para terminar de vez aquela conversa absurda, o velho abriu a página policial e não encontrou qualquer notícia da morte do homem solitário. Estendeu o jornal, desafiador:

— Não tem nada aqui.

O outro buscou o periódico que o velho oferecia e pareceu surpreender-se com a ausência da informação que ainda há pouco transmitia:

— Que dia é hoje? — perguntou.

— Domingo — respondeu o velho.

— Desculpe. Pensei que já fosse segunda-feira.

Disse isso e desapareceu no ar, no mesmo instante em que o velho percebia, subitamente alarmado, que a lembrança provocada pelo rosto do outro era a do espelho em que se enxergava todas as manhãs. E foi então que começou a sentir o formigamento em seu peito.

O ARTESÃO

Fossem mais baratos, e utilizaria diamantes. Mas são pedras impossíveis; talvez por essa razão, ninguém mais as use. Os cristais não ficam muito abaixo, não cabem em sua aposentadoria. Assim, ele escolhe os pedaços de vidro mais puros que encontra e, quando o brilho do espelho se gemina à pupila de seus olhos, sabe que é naquele em que trabalhará. Grandes ou pequenos, pouco importa o tamanho – deles extrairá apenas uma secção mínima, a mais brilhante, e naqueles centímetros exercitará a arte que, acredita, consegue tornar sua vida diferente e mais importante que as comuns.

Quando, ao fim da manhã, chega em casa, trazendo envolto em cuidados aquele caco de vidro encontrado na calçada ou na lata de lixo, a mulher sabe que ele apenas responderá ao cumprimento e não dirá nenhuma outra palavra. Vai direto para a oficina, espaço íntimo que mantém há mais de quarenta anos, desde que decidiu sua missão, e de lá não retorna antes que esteja tudo terminado.

Não é um trabalho que lhe exija as forças que já não possui. É, isso sim, um exercício de leveza e paciência:

são horas e horas em que sua mão não pode errar.

Ele limpa o pedaço de vidro até que esteja impecável, que não se encontre em sua superfície nenhuma marca de pó ou tempo. Depois, examina-o com a lupa, estuda todo o brilho ainda há pouco recolhido, e dali sairá com o fragmento que considere mais puro, cristalino. É ali que trabalhará, o resto servirá ao lixo. Corta o vidro com a lâmina fina cuja certeza tem décadas, depois apanha a lixa e é nesse trabalho miúdo que a tarde o encontrará. Lixa o vidro com vagar, esmero de quem constrói algo único, e, aos poucos, sem qualquer pressa, a forma começa a aparecer. As pontas nem sempre são iguais, por vezes a graça do artista fará com que uma seja maior que a outra, mas não há quem consiga enxergar ali qualquer desequilíbrio. Quando as pontas estão formadas, é porque o coração já está pronto. É necessária uma nova limpeza a fim de extrair todo o pó de vidro que sobre naquela pecinha fina recém-construída. Depois, sopesa-a para ter a certeza de que não é pesada nem leve em demasia. Examina-a com o olhar e a ponta dos dedos, e só quando não consegue perceber nela nenhuma imperfeição – que não seja proposital – é que vai estar pronta.

Então, retira da caixa o estilingue e deposita cuidadosamente no couro do extensor o vidro recém-nascido de suas mãos. Da janela da oficina arremessa-a o mais alto que pode e acompanha a subida até que seus olhos cansados já não enxerguem mais nada.

À noite, olha para cima e ela está lá. Ele apenas sorri e se acha importante. Alguns passam a vida plantando árvores, outros ensinando a ler. Mas são poucos os que, como ele, semeiam as estrelas no céu.

OCORRÊNCIA POLICIAL

;que conhece o acusado há dois ou três anos, não sabe precisar bem; que se conhecem por aí, dos bares, botequins, sinucas; que o acusado é praticante de luta livre e se apresenta assim profissionalmente; que foi a vítima quem procurou o acusado; que tem vergonha de contar, mas vai fazê-lo, por isso veio até aqui; que a vítima recém havia começado a namorar a moça de nome Deisiane de Tal; que Deisiane é muito linda e querida; que a vítima achou que ela poderia ser a mulher da sua vida e se apaixonou no primeiro momento em que a viu; que ratifica integralmente a frase anterior, é isso mesmo; mas que achou que gostava mais de Deisiane do que Deisiane gostava dele; que Deisiane às vezes não lhe dava muita bola; que achou que deveria impressionar a namorada para que ela se apaixonasse de vez; que foi por essa razão que procurou o acusado; que propôs ao acusado uma encenação; que o acusado fingisse provocar a vítima quando esta estivesse na companhia de Deisiane; que então a vítima reagiria, em defesa da namorada, e daria uma surra no acusado; uma surra de mentira, certo; este era o arranjo; que a vítima pagou ao acusado certa quantia; que o pagamento foi feito parte em dinheiro, parte em vales-transporte; que o acusado exigiu o pagamento adiantado, com o que concordou a vítima; que concordou porque estava muito apaixonado; que, na data combinada, efetivamente o acusado o provocou por diversas vezes, encarando acintosamente a namorada da vítima e qualificando-a de adjetivos tais como *gostosa* e *tesuda*; que, conforme o combinado e pago, a vítima reagiu, partindo para cima do acusado; que, para surpresa da vítima, o acusado em nenhum momento colaborou, como haviam acertado as partes; que o acusado não fingiu estar perdendo a luta; que, ao contrário, reagiu com força descomunal; que, enquanto brigavam, a vítima ficou assustada e conseguiu sussurrar ao acusado para lembrá-lo da combinação e do pagamento havido; que, naquele momento, o acusado mandou a vítima *tomar nas pregas*; que, incontinenti, o acusado acertou fortíssimo golpe no nariz da vítima, que desmaiou imediatamente; que a vítima acordou sozinha, não sabe quanto tempo depois; que não, Deisiane não estava lá; que a vítima foi para o pronto-socorro, sendo constatada a fratura no nariz; que por isso está falando fanhoso deste jeito; que os fatos aconteceram na semana passada; que só veio à delegacia na data de hoje porque estava cuidando do nariz; que deseja registrar que o acusado não cumpriu o combinado e ficou com o dinheiro da vítima; que a vítima considera que tal ato é roubo ou algo semelhante; que por isso está dando parte do ocorrido; que, ao que sabe, a moça de nome Deisiane agora está com o acusado, mas que, sobre isso, a vítima não deseja se manifestar;

MISTER MAGIC

Quando o ônibus deixou-o em frente àquela casinhola desamparada, Mister Magic pensou que fosse engano. Apenas quando leu no cartazete gasto Rodoviária de Campo Seco teve a certeza triste de que havia chegado. Ninguém por ali além do vendedor sonolento pendurado no guichê. Ele pegou as instruções que haviam lhe dado e andou, abaixo da garoa, as duas quadras quilométricas que o levavam ao único hotel da cidade. Quando chegou lá, suas seis décadas pesavam um século e sua figurinha miúda tentando parecer imponente causaria riso se não despertasse tanta pena.

— Boa tarde. Há uma reserva para mim. Mister Magic.

— Ah, o senhor é o mágico? Infelizmente, a reserva foi cancelada — o atendente o olhava com um dó que ia além de sua pobre figura, enquanto o chão faltava, num momento, às pernas magras de Mister Magic.

— Deve haver um engano. Fui contratado pela prefeitura para uma apresentação hoje.

— É que a apresentação foi cancelada — respondeu o homem, constrangido. — Nenhum ingresso vendido.

Nenhum ingresso, pensou Mister Magic. Ninguém mais se interessava por mágica. E ele era um homem velho e desamparado, precisando de um banho e um café quente, perdido numa cidadezinha onde ninguém iria ajudá-lo.

— Mas lhe deixaram este envelope com o pagamento.

O mágico pegou o envelope com surpreendente calma, olhos ansiando por descanso.

— Obrigado. E agora me dê licença, que preciso de um banho.

— Desculpe. Pagaram o cachê, mas não o hotel — o outro era só constrangimento.

De novo, a velhice solitária e pobre desabando em suas costas. Sem trabalho e pouso, cheque mirrado no bolso, gripe batendo à porta, ninguém a estender-lhe a mão. Não tinha dinheiro para o hotel: teria que tomar o próximo ônibus de volta, seis horas molhadas invadindo a madrugada, os sessenta anos de seu corpo clamando por algum conforto.

O homem do hotel olhou aquele velho desamparado e soube que ele não aguentaria a viagem:

— Se o senhor quiser se apresentar para os outros hóspedes, pode ficar aqui esta noite.

O mágico soube que a oferta era só comiseração, mas não levou um segundo para aceitar.

Naquela noite, num hotel perdido de uma cidade fantasma, apresentando-se para meia dúzia de sonolentos gatos pingados, Mister Magic, mais cansado e triste do que qualquer um deles, só conseguia pensar que, se ainda acreditasse em mágica, a primeira que faria seria de desaparecer.

O PROGRAMA QUE SE PREOCUPA COM VOCÊ

— E seguimos com o Programa Elvis Reinaldo, o programa que se preocupa com você, meu amigo, meu irmão, meu querido ouvinte que, com seu rádio ligado todo o dia, faz da nossa emissora uma campeã de seus carinhos e da audiência. E agora é a hora do Telefonema Premiado Elvis Reinaldo. O ouvinte premiado vai ganhar um fabuloso jogo de panelas, é só responder qual o nome do nosso programa! Já estamos completando a ligação, vamos ver... Alô?
— Teresa?
— Não, amigo, não é a Teresa. Aqui é Elvis Reinaldo, do programa que se preocupa com você. E nós queremos lhe fazer uma pergunta que pode lhe render um fantástico jogo de panelas...
— Desculpa, eu pensei que fosse a Teresa. Só atendi porque pensei que era a Teresa.
— Mas não é. E a pergunta premiada é...
— É que a Teresa foi embora, e eu estou aqui desesperado, com uma faca na mão, sem saber bem o que fazer. E preciso falar com a Teresa.

— Claro, claro. Mas isso depois do amigo responder a pergunta premiada de Elvis Reinaldo!
— Teresa! Se tu estiver me ouvindo, me liga! Eu tô com uma faca na mão, pronto pra qualquer coisa...
— A Teresa vai ligar, meu amigo. Mas agora é hora de seguir com o programa que se preocupa com você! Vamos então à pergunta premiada!
— Volta, Teresa. Aquela história com a Dilene não foi nada...
— Vejam só, ouvintes, que felizardo é o nosso amigo! Vai escolher com quem partilhar o extraordinário jogo de panelas que pode ganhar do nosso programa, a Teresa ou a Dilene. É ou não é um homem de sorte?
— A Dilene não tem nada a ver, Teresa! Tu que é a mulher da minha vida!
— Que beleza, a declaração de amor ao vivo! Mas agora, amigo, hora de responder a pergunta, porque nosso tempo já está estourando!
— Eu tô com a faca na mão, Teresa! Me liga ou eu me mato!
— Mas não sem antes responder a pergunta premiada, que pode mudar sua vida, com o colossal jogo de panelas que você pode ganhar! É só responder certo a nossa pergunta: qual o nome do programa que você está ouvindo agora? Vamos lá, então! Alô? Alô? Não está respondendo... deve ter caído a ligação. Mas tudo bem, segue o programa. Se o ouvinte não quer responder, ele não é obrigado. Este é um programa democrático. Afinal, é o Programa Elvis Reinaldo, o programa que se preocupa com você! E vamos para a nossa próxima ligação...

PRIMEIRA VEZ

Os dois garotos pareciam estar vencendo a socos a timidez quando se aproximaram da mulher que, amparada nas sombras de uma parede urbana, exercia com paciência o seu ofício de esperar. Quanto mais tentavam parecer adultos, mais seus olhares eram assustados. O maior foi quem perguntou:

— Quanto é o programa, dona?

Ela olhou aquela voz desengonçada e enxergou duas crianças.

— Dez para cada um, mais três do aluguel do quarto — pensou um segundo, enquanto fazia a conta. — Vinte e seis no total.

Eles se olharam desolados: não pensavam que fosse tão caro.

— Pode ser vinte e dois? É o que a gente tem.

A mulher não chegou a pensar: aqueles meninos não lhe ocupariam mais que uns minutos. Mas não respondeu logo, valorizou o silêncio de expectativa em que os dois mergulhavam.

—Sim — disse, ao final, enquanto os garotos nem percebiam a felicidade brotando nos rostos. — Mas um por vez. O outro espera na escada.

— Tu primeiro — ordenou a mulher ao mais baixo. E ele foi.

Passaram-se quinze minutos, nos quais o mais alto, coração alegre vencendo a ânsia de fugir, apenas escutou da escada uns barulhos diferentes. Depois, o amigo saiu do quarto com um olhar novo, sem dizer nada. A mulher, da cama, deu a nova ordem.

— Agora é o outro — e o outro foi.

Então foram dez minutos, que o mais baixo aguardou sorrindo.

Quando o amigo saiu, a mulher veio junto, séria, para cobrar o devido.

Com o dinheiro na mão, permitiu abrandar-se.

— Quantos anos vocês têm? — perguntou.

— Treze — disse o maior.

— Eu, doze — respondeu o mais novo. — E a senhora?

Ela riu antes de responder, mas não havia alegria no sorriso:

— Dezessete.

A VIDA É SIMPLES

Houve o dia em que Gregório decidiu parar de pensar. Era cansativo demais: o pensar contínuo e cotidiano lhe demandava forças que iam além do que suportavam seus pesados quarenta anos. Todos os assuntos eram complicados, se fossem pensados de perto – e Gregório estava cansado disso. Já aprendera o que precisava para a vida, e sua condição de professor era eterno convite às indesejadas conversas profundas – justamente porque era sabedoria o que esperavam dele, mesmo quando apenas lhe desejassem bom dia. E ele dava a todos o presente desgastante de sua ciência: sua resposta ao bom-dia era sempre um discurso prodigioso, no qual discorria sobre a complexidade do clima ou a infinitude do tempo e, invariavelmente, deixava atônito ao que o ouvia. Não se continha, Gregório, e enquanto falava ia se desesperando pela impossibilidade de uma simples conversa, frase que apenas respondesse bom dia a quem lhe desejasse bom dia.

Sua vida seria mais tranquila se não pensasse, pensou. Primeiro, decidiu que não iria mais ler os inúmeros livros novos que o aguardavam impávidos nas estantes de sua casa e das bibliotecas. Mas, quando principiou a reler as obras já conhecidas, percebeu o quão difícil seria sua tarefa: cada leitura era novo descortino, aprendizagem diferente, agradável convite ao pensar. Para não sucumbir à armadilha, decidiu parar de ler. E, apenas porque o vício era incurável, permitiu-se apenas a leitura de revistas sobre fofocas de televisão, porque estas não ofereciam o perigo do pensamento.

Também parou de ir ao teatro, em definitivo, porque não há peça – nenhuma! – que não traga consigo a dor de pensar. Todos os frequentadores de teatro pensam; e Gregório já não queria mais este peso.

Todos os filmes que antes havia assistido transformaram-se em memória inútil, porque o professor passou a negar-lhes a beleza e as ideias, e já não os discutia nas infindáveis rodas de debate que antes conformavam sua vida – cansado. Passou a assistir, apenas para passar o tempo, aqueles filmes nos quais os mocinhos musculosos salvam a bela mocinha após liquidarem quinhentos perigosos bandidos com uma bazuca, porque estes – tal como as revistas de televisão – eram imunes à ameaça do pensamento.

E por tudo isso, Gregório acabou trocando de amizades, abandonado pelos amigos menores, que não entendiam sua escolha e consideravam sua decisão um retrocesso. Passou a deliciar-se com as novas conversas que lhe exigiam tão pouco, meras trocas de palavras nas filas do banco ou do mercado, porque não havia necessidade de pensar no lugar comum. Estava chegando à simplicidade, à vida mais fácil.

Quando, certa noite, deu-se conta de que assistia impassível e sorridente a um programa de auditório no qual o apresentador atirava tortas no rosto de espectadores em troca de certa quantia em dinheiro, percebeu que havia chegado ao estágio do não-pensar que desejara desde o início de sua resolução. Se pensassem por ele, melhor – nada mais cômodo poderia existir, decidiu. E foi dormir, feliz, enquanto esquecia de desligar a televisão.

Na manhã seguinte, quando acordou, Gregório havia se transformado numa imensa barata.

Copyright © 2011 Henrique Schneider

Conselho editorial
Gustavo Faraon, Julia Dantas e Rodrigo Rosp

Preparação e revisão
Rodrigo Rosp

Capa e projeto gráfico
Humberto Nunes

Foto do autor
Thaís Lehmann

Dados Internacionais de Catalogação na Publicação (CIP)

S359v   Schneider, Henrique
        A vida é breve e passa ao lado / Henrique Schneider. –
    Porto Alegre : Dublinense, 2011.
      96 p. ; 21 cm.

    ISBN: 978-85-62757-34-1

    1. Literatura Brasileira. 2. Contos Brasileiros. I. Título.

                                      CDD 869.937

Catalogação na fonte: Ginamara de Oliveira Lima (CRB 10/1204)

Todos os direitos desta edição
reservados à Editora Dublinense Ltda.

Av. Augusto Meyer, 163 sala 605
Auxiliadora — Porto Alegre — RS
contato@dublinense.com.br

**LIVRARIA
DUBLINENSE**

A loja oficial da Dublinense,
Não Editora e Terceiro Selo

livraria.dublinense.com.br

Este livro foi composto em fontes Arno Pro
e News Gothic e impresso na gráfica Pallotti,
em papel pólen bold 90g, em setembro de 2017.